KB178394

바람개비는 즐겁다

정정호 鄭正浩

아호 소무아(笑舞兒). 서울에서 1947년에 태어났다. 인천중학교와 제물포고등학교를 다녔다. 서울대학교 영어교육과를 졸업하고 영어영문학과 석박사과정을 수료한 뒤 미국 위스콘신(밀워키)대학교에서 영문학 박사학위를 받았다. 홍익대와 중앙대 영어영문학과 교수, 국제PEN한국본부 전무이사, 전국사립대학교수협의회연합회 부회장, 사랑의교회 교수선교회장, 제19차 국제비교문학회 세계대회 조직위원장(2010, 서울), 제2회 세계한글작가대회 집행위원장(2016, 경주)을 역임했다. 김기림문학상(평론), PEN번역문학상, 한국문학비평가협회상, 박남수문학상(시)을 받았다. 최근 저서로『피천득 평전』(2017),『문학의 타작 : 한국문학, 영미문학, 비교문학, 세계문학』(2019),『번역은 사랑의 수고이다』(공저, 2020),『너도밤나무 숲의 풍경』(시집, 2022) 등이 있다. 현재 중앙대 명예교수, 국제PEN한국본부 번역원장, 금아피천득선생기념사업회 부회장이다.

바람개비는 즐겁다

초판 1쇄 발행 · 2021년 11월 25일
초판 2쇄 발행 · 2022년 5월 30일

지은이 · 정정호
펴낸이 · 한봉숙
펴낸곳 · 푸른사상사

주간 · 맹문재 | 편집 · 지순이 | 교정 · 김수란, 노현정 | 마케팅 · 한정규
등록 · 1999년 7월 8일 제2-2876호
주소 · 경기도 파주시 회동길(서패동) 337-16
대표전화 · 031) 955-9111(2) | 팩시밀리 · 031) 955-9114
이메일 · prun21c@hanmail.net
홈페이지 · http://www.prun21c.com

ⓒ 정정호, 2021

ISBN 979-11-308-1841-2   03810
값 19,000원

푸른사상
산문선
42

정정호 산문집

바람개비는 즐겁다

사랑하는 가족에게

일곱 개 바람 이야기

사막에는 비가 아니 옵니다.

나무도 풀잎도 보이지 않고 모래만이 끝없이 깔려 있는 곳이 사막입니다. 다른 땅에는 꽃이 피고 새가 울어도 사막에는 뽀-얀 모래 위에 **봄 바람**이 이따금 불 뿐입니다. 다른 땅에는 푸른 잎새가 너울너울 늘어지고 그 사이로 차디찬 샘물이 흘러나려도, 사막에는 하얀 모래 위에 **여름 바람**이 이따금 불 뿐입니다. 다른 땅에는 갖은 곡식이 열고 노랗게 붉게 단풍이 들어도 사막에는 하얀 모래 위에 **가을 바람**이 이따금 불 뿐입니다. 다른 땅에는 눈이 나리고 얼음이 얼어도 저 사막에는 아무러한 변화도 없이 끝없는 모래 위에 이따금 **겨울 바람**이 불 뿐입니다.

— 피천득, 산문시 「어린 벗에게」 첫 문단(강조는 필자)

2000년 나의 잡문집 『팽팽한 밧줄 위에서 느린 춤을』이 나오고 벌써 20여 년이 흘렀다. 다른 사람이 쓴 책들을 읽고 공부하고 가르치면서 무거운 연구논문 쓰느라 분주했던 나는 에세이식 글을 별로 쓰지 못했다. 퇴임한 지 6년이 지난 이제야 겨우 산문집을 내게 되었다. 소위 상아탑의 학술논문 기능공으로 수십 년 지내다 보니 나의 창작 본

색은 사라져버린 듯하다. 안간힘을 써서 간신히 이전에 쓴 글들을 모으고 몇 편은 새로 써 겨우 책 한 권 분량을 만들었다. 이번 산문집이 첫 저서를 낼 때처럼 가슴이 설레는 이유는 무엇일까?

일찍이 중·고교 시절부터 시, 에세이 등 창작에도 뜻이 있었으나 대학과 대학원에서 오래 공부하고 연구하다 보니 나는 창작보다 남의 글을 읽고 설명만 하라는 공자님 말씀 "술이부작(述而不作)"에 충실하게 되어 창작하는 작가가 되지 못하고 영어를 가르치는 교수와 재미없는 논문을 쓰는 학자로 살았다. 은퇴 후에도 어떤 형태로든 창작하는 작가로 "변신"하는 것은 지극히 어려운 일이다. 아무쪼록 이번에 상재하는 산문집이 내 글을 쓰는 "작이불술(作而不述)"의 새로운 "시작(始作)"이 되면 좋겠다. 그러나 "변신"은 언제나 느리고 어렵다.

현재의 나를 만든 것의 8할은 "바람"으로, 인생 전반부 최소 다섯 번의 바람이 불었던 것 같다. 첫 번째 바람은 "시대"와 역사의 바람으로 초등학교 입학 전 바람이지만 아마도 해방공간의 혼란과 6·25전쟁의 민족 비극이 나의 무의식에 깊이 각인된 것이 틀림없다. 유년기 바람은 내가 얼마나 즐겼는지 가늠하기 쉽지 않다. 이리저리 피난 다니느라 몸 고생을 크게 했겠지만 어려서인지 고통스럽다는 생각은 크게 없었던 것 같다.

나의 부모님은 8·15해방 전까지 함경북도 명천에 사셨다. 해방 직후 북한에 젊은 김일성 장군이 들어와 토지 개혁, 지주 축출, 지식인 추방, 기독교 탄압이 시작되자 곧바로 월남하신, 말하자면 원조 탈북인(북한 이탈주민)이다. 서울에서 태어난 나는 얼마 후 최대 민족상잔의 비극인 6·25전쟁으로 38선을 중심으로 위아래 오르내리며 이리저리 피난 다니다가 1953년 7월 휴전이 되어 인천(제물포)의 당시 변두리였던 주안(朱安)에 정착하였다. 전쟁 후 궁핍하게 살았던 인천의 바람은 너무나 차가웠다. 그 바람은 아마도 시인 김소월이 1920년대 초 제물포를 방문하여 쓴 시 「밤」에 나오는 바람이었을까.

> 벌써 해가 지고 어두운데요,
> 이곳은 인천에 제물포, 이름난 곳.
> 부슬부슬 오는 비에 밤이 더디고
> 바닷바람이 춥기만 합니다. (제2연)

소월에게 제물포의 추운 "바닷바람"은 어린 시절 나의 바람이기도 했다. 황폐한 이때 바람개비는 나의 유일한 즐거움이었다. 어린 시절 4계절 바람은 나에게 다양한 맛과 멋을 주었다. 봄 "산바람"은 따스하고 훈훈했고, 여름 "바닷바람"은 염분으로 끈적하고 후덥지근했다. 가을 "하늘 바람"은 상큼하고 스산했으며, 겨울 "문풍지 바람"은 섬뜩하고 엄혹한 냉기를 뿜었다. 그곳에서 초·중·고등학교에 다니다 대학은 서울에서 다니게 되어 서울시민이 되었다. 결국, 나는 해방공간과 6·25전쟁이라는 "시대"와 역사의 바람에 나부꼈던 바람개비가 아니었을까?

두 번째 바람은 인천의 서해 "바람"이었다. 초등학교 3학년 때까지 주안에서 살다가 바다가 멀리 내려다보이는 산동네로 이사 가 고등학교 졸업 때까지 살았다. 궁핍한 현실에 대한 불만으로 지낸 어린 시절, 나는 시간이 날 때마다 동네 뒷동산에 올라 바람개비를 들고 서해를 바라보면서 그곳에서 불어오는 바람을 가슴으로 품으며 바다 너머 세계를 동경하고 미래를 몽상하였다. 바람이 불지 않는 날은 뛰어다니며 나 스스로 바람을 만들기도 했다. 뒷산으로 불어오는 인천 앞바다 바람은 대부분 서풍(西風)이었다.

세 번째 바람은 대학 시절 근대화, 민주화 바람이었다. 내가 대학에 입학한 1968년 프랑스에서는 근대 서구문화의 모든 가치를 반성하고 새 판을 짜려는 대학생들의 68문화혁명이 있었다. 대학 시절은 대부분 박정희 유신독재 반대 시위로 툭하면 학교 문이 닫혀서 제대로 강의 교재를 마친 적이 없었고, 공부는 주로 독학과 자습으로 채워졌다. 안타깝기도 하고 억울하기도 한 불만의 시대였다. 민주화 바람은 그만큼 혹독하여 고학으로 대학과 대학원을 다닐 때 나의 바람개비는 날개가 찢어진 바람개비였다.

네 번째 바람은 문학과 문화 "이론(理論, Theory)"의 바람이다. 학문에 뜻을 세운 나는 운 좋게도 서울 소재 대학에서 일찍 자리를 잡은 후 1981년 1월 30대 초반에 공부를 위해 미국으로 떠나게 되었다. 그때 마침 유럽과 미국은 포스트구조주의, 포스트모더니즘 등 서구의 근대 계몽주의 해체 운동이 활발하게 일어나기 시작했다. 해체주의, 페미니즘, 생태학, 포스트식민주의, 문화 연구 등 새로운 서구 이론의 바람 속에 서 있던 나의 바람개비는 여러 곳에서 불어오는 바람으로 불규칙하게, 그러나 강하게 흔들리며 돌았다.

40대 미혹됨이 없는 "불혹(不惑)"의 나이를 지나고 다섯 번째 바람은 내 나이 50세를 넘기면서 맞은 성령의 바람이다. "지천명(知天命)"의 나이에 지나간 삶을 반추하고 회고하면서 홀연히 나는 알게 모르게 지은 내 죄를 알고 놀랐고 그러면서도 내가 받은 은혜에 울었다. "홀연히 하늘로부터 급하고 강한 바람 같은 소리가 있어 (…) 불의 혀처럼 갈라지는 (…) 성령의 충만함"(「사도행전」 2 : 2~4)을 느꼈다. 이전에도 교회에는 일요일 신자로 다녔지만, 이번에는 진정한 회심(回心)이었다. 뒤늦은 나이였지만 교회에서 각종 교육과 훈련을 받으며 예수님의 작은 제자가 되기로 하고 지금에 이르고 있다. 아직도 나 자신이 "구별"된 기독교인으로 제대로 살고 있는지 부끄러울 뿐이지만 위로 하나님을 사랑하고 옆으로 나의 이웃과 자연을 사랑하며 살려고 노력하고 있다. "그러므로 너희가 그리스도 예수를 주로 받았으니 그 안에서 행하되 그 안에 뿌리를 박으며 세움을 받아 교훈을 받은 대로 믿음에 굳게 서서 감사함을 넘치게 하라"(「골로새서」 2 : 6~7).

판단에 혼란이 비교적 적어진 인생 후반부 60대 "이순(耳順)"을 맞은 시기에 나에게 분 여섯 번째 바람은 남북통일의 바람이다. 함경도 출신인 초기 탈북민 부모님의 아들로서 나는 무의식 속에서 항상 나의 뿌리에 관심이 있었다. 이와 더불어 나이가 들면서 70년 이상 지속하는 한반도 분단 상황을 극복하기 위한 남북통일 문제에 본격적으로 관심을 두게 되었다. 1945년 8·15해방이 "도둑같이" 몰래 왔듯이, 문인으로서 "문학으로 통일하자"와 기독교인으로 "복음적 평화통일"을 논하면서 미리미리 준비하고 있으면 통일 역시 어느 날 갑자기 오는 것이 아닐까? 나는 통일문학에 관심을 가지고 한국통일문인협회에 참여하고 탈북민과 함께 드리는 예배에도 정기적으로 참석하였다.

칠순이 넘었으나 공자의 말씀대로 "마음 내키는 대로 해도 규범에 벗어나지 않는다(從心所欲不踰矩)"는 경지에 다다르는지 모르겠다. 그렇다면 이제 나에게 새롭게 불어올 일곱 번째 바람은 무엇일까? 아마도 창작이 될 것이다. 그동안 죽은 작가들의 글을 읽고 묘지기처럼 그것에 관한 글만 쓰고 살았다면, 이제 얼마 남지 않은 삶에는 나의 글을 쓰고 싶다. 일곱 개 나의 바람은 무지개 색깔처럼 다채로웠으면 좋겠다. 일곱 개 바람이 모이면 회오리바람이 될까? 나는 그 회오리를 타고 하늘로 올라 은하수로 나아갈 수 있을까.

전반부와 후반부 인생길에서 나는 일곱 가지 바람을 앞에서 맞으며 바람을 타기도 했지만 거스르면서도 살아왔다. 자전적 요소가 강한 이 산문집 제목이 『바람개비는 즐겁다』인 것은 바람을 타며 노는 바람개비놀이를 즐겼다는 것을 의미하는데, 즐겼다는 말은 바람과 다투거나 싸우지 않고 바람개비를 함께 돌렸다는 뜻이다. 단계별로 어떤 곤경과 환난 속에서도 낙망보다 비전과 희망을 품고자 애썼다. 다른 말로 "비극적 환희"를 가지고 살고자 노력했다는 뜻이리라. 바람이 거칠고 세찰수록 바람개비는 더 빠르고 힘차게 돈다. 그러나 이제부터 나는 밖에서 불어오는 바람을 맞는 수동적 바람개비가 아니라 휘파람을 불며 내 안에서 스스로 바람을 일으키고 만들어내는 능동적 바람개비가 되고 싶다.

노인이 된 인생 후반부에도 계속 바다와 산과 하늘을 생각하며 바람이 잘 부는 곳에서 바람을 맞으며 어린아이처럼 즐거운 마음으로 춤추며 바람개비를 돌리고 싶다. 그러나 나의 바람은 한국 동요의 아버지 윤석중의 아기 같은 부드러운 바람도 아니고 미국의 민중시인 칼 샌드버그의 바람의 도시 시카고의 빌딩들 사이로 부는 칼바람도 아니다.

나의 일곱 개 바람이 다 모이면 이제 정지용의 바람이 될까?

바람 속에 장미가 숨고
바람 속에 불이 깃들다.
(…)
바람은 음악(音樂)의 호수(湖水).
바람은 좋은 알리움!

오롯한 사랑과 진리(眞理)가 바람에 옥좌(玉座)를 고이고
커다란 하나와 영원(永遠)이 펴고 날다.
— 정지용, 「바람 2」 부분

오랜 기간에 걸쳐 써낸 다양한 글을 모으다 보니 목차를 만들기 위

해 분류하기가 매우 어렵다. 이태준의 『무서록』처럼 부(部)나 장(章)으로 나누지 않고 무작위로 배열할까도 했지만 나는 이 산문집을 억지로 4부로 나누었다. 1부 봄은 어린 시절 나 자신과 가족에 관한 글로 이루어졌다. 2부 여름은 살아오면서 아름다운 인연을 맺은 사람들에 관한 이야기고, 3부 가을은 책 바보인 나의 독서일기의 일부이다. 4부 겨울에서는 최근 나의 새로운 관심사가 드러난다.

모아놓은 글을 다시 읽으면서 내 글의 특징을 생각해본다. 내가 보아도 내 글에는 남의 글 인용(引用)이 너무 많다. 나는 치유할 수 없는 인용 중독자다. 그러나 나는 즐겁게 고백하고 인정한다. 아마도 나는 글에서 나 자신의 목소리와 개성이 강하게 드러나는 "글쓰기나 글짓기"보다 여러 글을 병치시키고 절합시키고자 하는 것 같다. 나의 개성을 죽이고 저자가 거의 소멸하는 "저자의 죽음"을 통해 새로운 텍스트 이론에 충실해지려는 것인가? 태양 아래 과연 새로운 것은 있을까? 모든 텍스트는 상호텍스트성 아래 서로 침투되어 얽혀 있는 역동적인 거미줄이 아닐까? 그러나 분명한 것은 소중한 독자들을 위해 나의 글쓰기가 지루하고 단성적이 아니라 역동적이고 다성적인 목소리들을 서로 침투시키는 혼종적 "글짜기"를 하고 싶은 마음뿐이다.

나의 글쓰기의 또 다른 특징은 글 시작 전에 제사(題詞)가 꼭 붙는다는 것이다. 어떤 경우는 제사가 제법 길기도 하고 하나가 아니라 두세 개가 되는 경우도 있다. 이 버릇은 내가 존경하는 영국 18세기 계몽주의 시대 대문인 새뮤얼 존슨을 따라하다가 생긴 것이다. 존슨 박사는 그리스나 로마의 고전작가 글을 제사로 씀으로써 자기의 글을 공공의 장(public sphere)으로 만들려고 했다. 오래된 작가의 글을 불러내는 것은 『햄릿』에서처럼 일종의 유령 불러내기다. 이것은 어쩌면 경애하는 독자들을 깨워 불러오는 방식이기도 하다.

앞으로 나의 일곱 번째 바람인 창작의 새로운 바람은 잡문, 에세이, 시로 확장되어 나가기를 감히 바란다. 바람개비를 이리저리 돌리면서 나는 스승 피천득 선생처럼 짧고, 쉽고, 재미있는 글을 쓰고 싶다. 사랑하는 독자들이 지극히 사적이고 잡종적인 나의 글판에서 어떤 작은 공감이라도 얻었으면 좋겠다. 염치없는 바람이다. 끝으로 흔쾌히 소설 형식으로 발문(跋文)을 써준 놀라운 친구 우한용 소설가가 고맙다. 나의 보잘것없는 글들이 보금자리를 마련하는 데 도움을 주신 푸른사상사 여러분들에게 깊은 감사를 드린다.

2021년 5월 5일 어린이날

코로나 19 펜데믹의 한 가운데에서 치열한 새판짜기의 "바람"이 불어오면
다시 어린아이가 되어 나의 "바람개비"는 더 즐거우리라.

웃으며 춤추는 어린이(笑舞兒)
정정호 삼가 씀

가을, 책 세상이 바로 낙원이네

겨울, 내 마음의 지도 새로 그리기

　… 온 세상에 영속하는 것은 아무것도 없소. 만물이
흐르고, 모든 현상은 변화함으로써 생성되는 것이오.
시간 자체도 끊임없이 움직이며 흘러가는 것이지 …
그와 마찬가지로 시간도 달아나며 동시에 뒤쫓으니
언제나 새로운 것이오. 전에 있었던 것은 지나가고 전
에 없었던 것은 생겨나 매순간이 새롭기 때문이오.

　(…)

　본래 모습을 유지하는 것은 아무것도 없소. 위대한
발명가인 자연은 끊임없이 다른 형상에서 새 형상을
만들어내도 그대들은 내 말을 믿으시오! 온 세상에 소
멸하는 것은 아무것도 없소. 단지 그것이 변하고 모습
을 바꿀 뿐이오. …

　… 혹시 사물이 저기서 여기로, 여기서 저기로 옮긴
다 하더라도, 사물의 합(合)은 불변이오. 같은 모양으
로 오랫동안 지속되는 것은 아무것도 없다고 나는 확
신하오.

　　　　　　— 오비디우스, 『변신 이야기』 제15권(천병희 옮김)

봄

사라진 나의 그림자를 찾다

나의 뿌리

너 자신을 알라

— 소크라테스

여호와께서 아브람에게 이르시되 너는 너의 고향과 친척과
아버지의 집을 떠나 내가 네게 보여 줄 땅으로 가라

—「창세기」 12 : 1

나는 누구인가? 내가 누구인지 나는 모른다. 나의 계보나 족보도
모른다. 아는 것은 오로지 내가 북한을 떠나온 실향민의 후손이라는
사실뿐이다.

1945년 해방 직후 북한을 떠나 남한(이남)으로 내려온 이주민의 1대
후손인 나는 요즘식으로 말하면 원조 탈북자의 아들이다. 아버지는
함경북도 명천 출신이고 어머니는 함경남도 함흥 태생이다. (명천은 맛
있는 명태로 유명한데, 명태는 명천 어부가 동해안에서 처음 잡은 생선이라는
말이다. 함흥은 함흥차사로 이름난 곳으로, 한번 가면 다시는 돌아오지 않은
데서 유래하였다.) 부모님은 일제강점기 말기인 1943년경 결혼하신 것
같다. 아버지는 명천 지방 유지의 장남으로 서울로 유학 와 당시 경성

의 보성전문을 다녔고 그 후 일본 대학 법문학부에 재학하다가 귀국하
였다. 아버지가 남긴 편지 등의 필체를 보면 한자와 한글이 모두 달필
인 것을 볼 때 아버지가 당시 지식인이었던 것은 확실하다. 내 어린 기
억으로는 휴전 직후 우리 동네에 미군 물차가 와서 식수를 나누어주었
는데 아버지가 미국 병사들과 영어로 대화를 나누는 것을 들었다. 어
린 나는 물론 동네 사람들도 아버지가 영어 하는 것을 보고 놀랐던 것
같다. 1960년대 중학교 입학할 때 나는 아버지에게 영어를 배우기도
했다.

명천에서 교사를 하시던 아버지는 해방을 맞았는데, 그해 9월 30대
의 젊은 김성주(후에 일제강점기 만주지역의 독립운동가 김일성으로 개명)
가 입북하면서 북한의 해방 축제 분위기는 급격히 달라졌다. 당시 소
련에서 공부하고 훈련받고 지령받은 젊은 공산주의자 김일성은 부르
주아 지식인 숙청, 지주 축출과 토지 개혁, 몰수, 자본가 축출, 기독교
인 축출 등을 공개적으로 거론하였다. 이에 신변의 위험을 느낀 북한
의 많은 사람이 남하하기 시작했다. (황순원의 장편소설 『카인의 후예』에
이 당시 평안도 상황이 잘 그려지고 있다.) 나의 부모님도 초기 탈북 행렬
에 합류했는데 (장남인 아버지는 형제가 많았으나 아버지만 남하하였고 어
머니는 친가 가족 전체가 남하했다.) 아마도 탈북이 비교적 쉬웠던 1946
년경 남하한 것 같다.

처음 정착한 곳은 서울 노량진(정확히는 노량진 초등학교 근처)으로,
나는 1947년 12월 이곳에서 태어났다. 그 후 6·25전쟁 중 아버지는

국군에 입대했고 어머니는 어린 나를 데리고 황해도 옹진 등 이리저리 피난 다녔다. 1953년 7월 17일 휴전 후 부모님은 당시 인천의 변방인 주안에 정착하였고, 나는 지금은 번화한 지역이 된 주안초등학교에 입학하였다. 그곳에서 주안파출소 순경으로 근무하였던 아버지는 고등교육까지 받았는데 하급 경찰관 생활에 불만을 품었던 것 같다. 이것이 부모님과 나의 어린 시절에 관해 내가 알고 있는 전부다. 아버지는 내가 고등학교 2학년 때 돌아가셔서 아버지께 직접 함경도 고향에 대해 여러 가지를 여쭤볼 시간이 없었다. 지금까지의 이야기는 주로 어머님께 들은 이야기다.

내가 뿌리에 관해 관심을 두게 된 것은 부끄럽게도(?) 비교적 최근이다. 무엇보다 젊어서는 사는 데 바빠 나의 뿌리에 대해 깊이 생각하지 못했다. 나이가 들다 보니 내가 어디서 왔는가에 대해 호기심을 갖게 되는 것은 당연한 일일 것이다. 우연히 호적등본을 자세히 보니 본관이 전주(全州)로 되어 있어서 깜짝 놀랐다. 그렇다면 나는 전주 정씨였던가? 당황스러웠다. 그동안 나는 본관이 어디냐고 물으면 바로 "하동 정씨"라고 대답했었다. 그때까지 나는 정씨 성 중 가장 많은 하동 정씨라고 생각했었다. 그런데 호적등본에 전주 정씨로 되어 있다니! 그렇다면 전주 정씨라는 말은 무슨 뜻인가? 나의 조상이 남쪽 전주에서 북으로 갔단 말인가? 이때부터 나의 뿌리와 정체성에 대해 진지한 관심을 품게 되었다. 전라도 전주와 함경도 명천이 어떻게 연결되는 것일까? 의문은 꼬리를 물었지만 풀 길이 없었다.

그러던 중 조선을 개국한 태조 이성계도 한때 여진족 부장으로 전주 이씨라는 것을 알게 되었다. 아마도 이성계는 군인이니까 변방 지역 함경도에 근무했겠지 하고 추정했었는데 이성계는 전주와는 관계가 없고 원래 여진족 출신으로 함경도 지방의 토호였다는 것이다. 그러다 고려 변방 지역에 소속된 장수가 되면서 본으로 전주를 택해 전주 이씨가 되었다는 것을 알게 되었다. 그렇다면 원래 한민족이 아닌 북방민족인 여진족이나 몽골족 후예였던 나의 조상도 이성계처럼 조선 백성으로 살고자 전주 정씨가 된 것은 아닌지 하는 생각이 들었다. 나는 우리 조상을 북방 출신이라고 확신하였지만 얼마 동안 이 문제는 미결 상태로 남겨두었다.

그런데 퇴임 후 한국 역사에 관심을 가진 중국 전공의 선배 교수로부터 생전 처음 전가사변율(全家徙邊律)에 관한 이야기를 듣고 눈이 번쩍 뜨였다. 무엇보다 그동안 어떻게 이런 역사에 관해 까막눈이었을까 탄식하였다. 전가사변율이란 말을 듣는 순간 전주 정씨라는 의문의 실마리가 풀리는 것 같았다. 확실치 않고 확인할 길도 없지만 아, 나의 조상도 원래 남한의 하삼도(경상도, 전라도, 충청도)에 살다가 세종 때 시작된 전가사변율에 따라 함경북도로 이주한 것인가 보다.

내가 새로 알게 된 전가사변법(全家徙邊法)은 조선 시대 이주민법으로 죄인의 전 가족을 변방으로 강제 이주시켜 살게 하는 형법이었다. 조선은 대체로 명나라 형법인 대명률(大明律) 오형(五形)에 따랐으나, 조선의 독자적인 이 법의 시작은 세종 때부터로, 인구가 별로 없는 북방 변경 지방인 함경도와 평안도(심지어 황해도, 강원도까지)의 국가 방어와 발전을 위해 남쪽 백성들 특히 경상도, 전라도, 충청도 백성들을 이주시키는 전가입거(全家入居) 정책이며 법 제도였다. 처음에는 주로 재산이 없는 가난한 범법자 가족들을 대상으로 강제 이주시켰는데, 직계가족뿐 아니라 연좌제 성격이 강해 5대조 친족들까지 포함되기도 했다. 나중에는 재산이 있는 백성들과 일부 하급 관리들도 파견하였다. 이 법과 제도는 일정 부분 성공을 거두었으나 이주자들이 변경 지역에서 적응하지 못해 도주하기도 하였고 각종 범죄가 발생하는 등 문제도 있었다. 전가사변법은 처음에는 조선 변방 지역의 이주 정책으로 출발하였다가 후에 구속력 있는 형법으로 바뀌었다. 그 후 중종 때 이르러 일반적으로 조선 후기 형벌 정책이 완화되는 것과 때를 같이하고 동시에 조선 북방 정책의 변화로 이 법은 서서히 약화하여 영조 20년인 1744년 완전히 폐지되었다.

　여기서 내가 주목하는 것은 혹시 우리 선조도 전가사변법에 따라 하삼도 어딘가에서 북쪽 지역으로 이주하지 않았는가이다. 이것을 확실히 알려면 전주 정씨 족보와 『조선왕조실록』 등을 살펴야 할 듯하다. 훗날 통일이 되면 아버지 고향인 함경북도 명천 현지에 가서 그 지역 향토사라도 찾아볼 수 있으리라. 10여 년 전 도쿄에 갔을 때 나는 일본 대학에 들러 아버지의 학적부를 찾아보려 했으나 실패했다. 기회가 오면 다시 한번 시도해볼 생각이다. 보성전문 후신인 고려대학교에 가서 아버지의 흔적도 찾아보고 싶다.

만일 우리 조상이 전가사변율에 따라 하삼도에서 북한으로 이주한 것이라면 혹시『조선왕조실록』이주자 명단에서 우리 조상의 흔적이 나타나지 않을까? 아직 한 번도 찾아본 적은 없지만, 전주 정씨 족보에서 나의 뿌리에 대한 어떤 단서가 나오지 않을까? 그런 것은 결코 쉬운 일이 아니리라. 실제로『조선왕조실록』에서 전가사변율과 관련된 부분을 세조실록 28권부터 정조실록 35권까지 A4로 55쪽이 넘는 사료를 출력해 자세히 살펴보았으나 우리 집안에 대한 구체적 자료는 찾을 수 없었다. 이 일의 어려움은 또 다른 곳에 있다. 나의 선대들이 남한에서 올라간 게 아니라 원래 함경도 지역에 살았거나 여진족 후예로 조선 변방에서 조선 백성으로 살고자 전주 정씨를 취득했을지도 모르기 때문이다. 이성계 가족이 전주 이씨라는 성과 본을 취득했듯이 말이다. 아직 확실한 것은 하나도 없다. 추적은 결코 쉬운 일이 아니며 아마도 불가능할 수도 있다. 그것은 탈북 실향민의 한 많은 숙제로 영원히 남을 수도 있다.

그러나 죽기 전까지 내 뿌리를 확실하게 찾지 못하고 분명하게 해결하지 못하더라도 나는 13세기 유럽 성직자의 말을 마음에 품고 조용히 떠날 수 있을 것 같다.

자신의 고향을 아름답다고 생각하는 사람은 아직도 상냥한 초보자이다. 모든 땅을 자신의 고향이라고 보는 사람은 이미 강한 사람이다. 그러나 전 세계를 하나의 타향으로 생각하는 사람은 완벽한 사람이다. 상냥한 사람은 이 세상의 한 곳에만 애정을 고정했고, 강한 사람은 모든 장소에 애정을 확장했고, 완벽한 사람은 자신의 고향을 소멸시켰다.

― 위그 드 생빅토르, 『디다스칼리콘』
(에드워드 사이드, 『문화와 제국주의』, 김성곤 · 정정호 옮김)

(내가 탈북 실향민, 서울 시민, 한국 국적자이지만 결국 천국 시민권자라면) 나의 영원한 고향은 궁극적으로 이 지상이 아니라 천국이 아니겠는가?

죽기 전에 남북통일이 되거나 자유롭게 이동이 가능한 때가 온다면 몰라도 당분간 나는 뿌리에 대한 강한 호기심을 거룩하게 포기할 것이다. 나의 선조가 남방 출신이건 북방 출신이건 더는 개의치 않을 것이다. 나는 서울에서 태어난 사람이다. 이제는 나의 뿌리를 중요하게 생각하지 않기로 했다. 얼마 남지 않은 나의 삶을 잘 정리하고 싶다. 기독교인인 나의 본향은 이 지상 어딘가가 아니고 궁극적으로 천국이다. 내가 영생을 누린다면 그곳 천국 시민권자로서일 것이다. 영원한 나그네, 이방인, 순례자로서 이 지상은 결국 내 고향이 아니다. 아니 나는 과감하게 이 땅에서 고향을 소멸시키고 살아가고 싶다.

추기　원고 파일을 출판사에 넘기고 나서 어느 날 인터넷을 검색하다가 전주 정씨(全州鄭氏)의 형성 과정을 알게 되었다. 내가 속한

전주 정씨의 시조는 정원흥이었다. 원래 연일 정씨로 고려 예
종(1105~1122년 재위) 때 장례원 판결사로 있다가 견책을 받
아 전주로 유배당해 그곳에 정착하였다. 이를 계기로 정원흥의
후손들이 연일 정씨에서 떨어져나와 본관을 전주로 하는 새로
운 계보를 시작하였다. 그의 16대손인 정원지는 조선 단종 때
진사시에 합격하였으나 세조 10년(1465) 함경북도 성진으로 집
단 이주했다. 그래서 오늘날 전주 정씨는 그 발원지인 전주보
다 함경북도 일대에 많이 분포되었다. 이로써 나의 조상에 대
한 큰 의문은 일부나마 풀렸고 나의 뿌리 찾기는 일단락되었
다. 그러나 오랜 기간 나의 뿌리 찾기는 결코 무익한 것만은 아
니라 믿는다. 나의 뿌리와 정체성에 대한 소중한 성찰의 시간
이었으니 말이다.

꿀꿀이죽

> 미군 부대에서 흘러나온 음식 찌꺼기를 모아서 한데 넣고 끓인 꿀
> 꿀이죽이 서울 사람의 최고의 영양식이던 때였다.
>
> — 박완서, 「공항에서 만난 사람」

나는 꿀꿀이죽 세대다.

나와 비슷한 세대라도 지역에 따라 꿀꿀이죽이라는 말을 못 들었거
나 못 먹어본 사람도 많이 있을 것이다. 1950년 발발한 6 · 25전쟁이
휴전된 1953년 7월 이후 항구도시 인천 주안에 정착한 나는 그곳에서
초등학교를 3학년까지 다니다가 1957년경 도화동 산동네로 이사했다.
그때 우리 집은 무척 가난했다. 해방 직후 탈북 실향민이기도 했지만,
공무원인 아버지가 경기도 지방으로 전근하며 근무하다 보니 박봉에
두 집 살림까지 하느라 더 쪼들렸을 것이다. 동생 셋하고 보리밥이나
밀가루라도 세끼를 먹으면 다행이었다. 점심 도시락도 쌀밥이나 맛있
는 반찬 등은 꿈도 못 꾸던 시절이었다.

그러던 중 어느 날 꿀꿀이죽에 대해 듣게 되었다. 이웃집에서 한 숟
갈 얻어먹었는데 맛과 향이 기묘했지만, 햄과 치즈도 들어 있고 영양
은 매우 풍부해 보였다. 우리 집에서 30리 정도 떨어진 부평의 미군 부

대 근처에 가면 꿀꿀이죽을 살 수 있다고 했다. 1945년 해방 직후인 9월 부평구 산곡동에 미군 제24지원사령부가 들어섰다. 이 사령부는 무기나 탄약 등 장비를 만들고 보관하고 보급하는 조병창 시설을 관장하고 있었고 부대시설로 공병대, 항공대, 의무대, 병원 등 하나의 작은 도시를 형상할 정도로 규모가 컸다. 애스컴 시티(Ascom City)라 불렸던 이곳에는 주둔하고 있는 미군이 먹다 남긴 음식물이 엄청 많았다. 음식이 귀하던 시절이라 한국인들은 미군 당국에 이 많은 음식물 찌꺼기를 돼지 사료로 판다고 속이고 가져다가 정리하고 다시 끓여서 한국인들에게 꿀꿀이죽으로 내다 팔았다. 이 부평의 꿀꿀이죽은 동인천역전과 서울 남대문시장까지 진출하였다.

　내가 처음으로 꿀꿀이죽을 사러 간 것은 1957년 초등학교 4학년 때인 듯하다. 우리 동네에서 꿀꿀이죽을 사러 가는 날은 주로 토요일이었다. 토요일 새벽 4시쯤 어둑어둑할 때 동네 어귀에서 10여 명이 만나 함께 걸어갔다. 30리(12킬로미터)나 되는 먼 거리였다. 우리 집에서는 장남인 내가 대표로 나섰다. 아마도 일행 중 내가 제일 어렸던 것 같다. 토요일에도 등교하던 때였지만 학교도 결석하고 등에 꿀꿀이죽을 사서 담아올 큰 양철통을 단단히 메고 출발하였다. 나는 부평의 꿀꿀이죽 집에 가서 긴 줄을 서서 기다리다 내 차례가 오면 감사한 마음으로 죽을 받아들었다. 무겁더라도 좀 많이 사고 싶었으나 돈이 부족했다. 꿀꿀이죽을 담은 배낭같이 생긴 통을 등에 메고 오니 돌아오는 길은 무겁고 힘들었지만, 엄마와 동생들이 좋아할 모습을 생각하며 계속 걸었다. 집에 도착하면 언제나 10시가 넘었다.

집에 와서 꿀꿀이죽을 다시 끓였다. 꿀꿀이죽이 끓는 냄새는 아주 좋았다. 미국 음식의 기이한 향이 종합적으로 코에 들어오면 기분이 좋았다. 6·25전쟁 중에 엄마와 단둘이 피난하던 때 언젠가 미군 부대 근처에 잠시 산 적이 있었다. 그때 철조망을 통해 미군에게 건네받은 초콜릿, 껌, 사탕, 커피, 소시지 등의 맛은 아직도 잊을 수가 없다. 이국적인 맛이었던 기억이 새롭다. 꿀꿀이죽을 퍼놓고 먹기 시작하며 새로운 추적이 시작된다. 운 좋으면 쇠고기 덩어리, 핫도그가 걸리기도 하고, 감자 덩어리, 삶은 완두콩, 옥수수 알맹이도 올라온다. 동생들과 서로 무엇이 걸렸는지 비교해보며 희비가 엇갈리기도 했다. 보릿고개 등 배가 고프던 시절이라 아마도 이 꿀꿀이죽이 우리 가족의 영양 공급에 크게 이바지했을 것이다. (이 글을 쓰는 중 갑자기 1950년대 말 꿀꿀이죽을 함께 먹던 동생들 생각이 난다. 모두 남동생들이고 나와는 나이 차이가 꽤 나는 어린 동생들이었는데 작년까지 세 동생이 지병 등으로 차례로 세상을 하직했다. 부모님은 돌아가신 지 이미 오래라 우리 가족 중 남은 사람은 나 하나뿐이다. 남동생들이 나만 남겨두고 모두 세상을 버렸으니 이제는 꿀꿀이죽 추억을 함께 나눌 사람도 없다. 가난하고 어려운 시대의 상징인 꿀꿀이죽은 동생들의 죽음과 함께 나에게서 한층 더 멀어졌다.)

일제강점기부터 1960년대 초반까지 3월과 6월 사이에는 보릿고개라 하여 식량난에 허덕였다. 도시는 말할 것도 없고 농촌에서는 절량농가(絕糧農家)라는 말에서도 알 수 있듯이 식량이 떨어지는 시기였다. 꿀꿀이죽을 힘들게 사 먹던 시기인 1957년 3월 25일 자『경향신문』기사에 "영남 일대 절량민은 6할"이라고 보도하였다. 소위 "나무뿌리와 나무껍질"을 끓여 먹으며 살던 시절이다. 당시 도시 빈민들은 어떠했을까? 1960년 12월 22일『동아일보』에 남대문시장 노상 꿀꿀이죽집 풍경이 나온다.

> 보통 돈벌이가 안 되는 날은 '꿀꿀이죽'이다. '꿀꿀이죽'이란 다름 아니라 미군 군대 취사반에서 미군들이 먹다 버린 찌꺼기들을 주워모아 한국 종업원이 내다 판 것을 마구 끓여낸 잡탕죽이다. 단돈 10원이면 철철 넘게 한 그릇을 준다. (…) 큼직한 고깃덩어리도 얻어걸리는 수가 있지만 때로는 담배꽁초들이 마구 기어 나오는 수도 있다. 대개 '꿀꿀이죽'은 아침에 한 상, 한 가마 끓여도 삽시간에 낼름 팔리고 만다.

꿀꿀이죽의 추억을 살려 대학 다닐 때 나 혼자 자취방에서 먹다 남은 밥, 소시지, 감자, 옥수수, 양파, 돼지고기 목살, 닭고기, 케첩, 김치 등을 넣고 잡탕 찌개처럼 팔팔 끓여 먹은 적도 있다. 그러나 1950년 후반기에 먹었던 꿀꿀이죽의 맛과 향은 아니었다. 아마도 그동안 내 입맛이 바뀌었거나 음식 재료에서 차이가 난 탓이리라. 그 후 가끔 부대찌개도 먹어보았지만, 꿀꿀이죽에 대한 묘한 그리움을 달랠 수는 없었다. 그리고 어딘가에 원조 꿀꿀이죽을 판다는 소리도 들었으나 알아내진 못했다. 지금도 어쩌다 꿀꿀이죽 생각이 나면 부대찌개 집을 찾아가는데 주방장에게 소시지와 햄을 많이 넣어달라고 부탁하는 것을 잊지 않는다.

꿀꿀이죽 후예로 등장한 게 부대찌개지만 또 다른 변용 식품이 바로 라면이다. 기록에 따르면 한국에서 인스턴트 라면이 처음 생산된 날은 1963년 9월 15일이다. 잘 알려진 이야기지만 라면을 처음 생산한 삼양식품(주) 전중윤 사장은 1961년 어느 날 서울 남대문시장 근처를 지나갔다. 그때 사람들이 줄을 서서 비교적 싼 가격인 한 그릇에 5원 하는 꿀꿀이죽을 사 먹으려고 기다리는 모습을 보고 (1961년 내가 인천에서 중학교에 입학했을 때 교내식당에서 우동 한 그릇이 3원이었고, 우동 국물은 1원이었던 것으로 기억한다.) 전 사장은 우리나라 사람이 즉석에서 먹을 수 있는 싼 음식은 없을까 궁리하다가 당시 일본에서 이미 생산되던 라면을 생각해내었다고 한다. 어렵게 자금을 마련해 일본으로 가서, 라면 제조 기계를 사 들이는 교섭을 벌였으나 당시 한국과 일본이 국교 정상화 이전이라 쉽지 않았다. 그러나 전 사장은 어렵게 어렵게 라면 생산 기계와 조리법을 들여와 1950년 9월 15일 인천상륙작전을 기념하여 첫 번째로 삼양 치킨 라면을 생산했다. 1963년 당시 첫 라면 가격이 10원이었는데 된장찌개 30원, 커피 한 잔 35원 하던 때니까 싼 편이었다. 라면은 제2의 쌀로 칭송되기도 했다.

내가 라면을 처음 먹은 것은 1964년 고등학교 1학년 때였던 것 같은데, 국수하고는 다른 그 맛이 매우 독특하고 매력적이었다. 고소하고 짭조름한 라면 맛이 아직도 생생한데, 1957년 처음 맛보았던 꿀꿀이죽과는 다른 감동(?)이었다. 꿀꿀이죽은 어렵게 사다 먹으면서도 미군들이 먹다 남긴 음식 찌꺼기고 돼지 사료로 허가된 것이라는 생각에 민족적 자존심이 상했지만, 그것도 없어 못 먹던 상황이었으니 그렇게 깊이 생각할 여지가 없었다. 그러나 라면은 우리나라에서 당당히 생산된 새로운 식품이었고 꿀꿀이죽과는 달리 새벽부터 30리씩이나 걸어갈 필요도 없이 가까운 구멍가게에서 쉽게 살 수 있었고 그 가격이 저렴하니 더할 나위 없이 기뻤다. 하지만 내 마음에 깊이 각인된 것은 부대찌개나 라면이 아니라 꿀꿀이죽이다. 어린 시절 내가 스스로 통을 메고 여러 시간 걸어서 사다 먹던 음식(?)이라 더욱 그런 것 같다. 꿀꿀이죽은 인생 초반에 나의 몸과 마음 그리고 영혼에까지 지울 수 없는 커다란 주름과 흔적을 남겨놓았다.

소금의 꿈

> 너희 말을 항상 은혜 가운데서 소금으로 맛을 냄과 같이 하라 그리
> 하면 각 사람에게 마땅히 대답할 것을 알리라
>
> ―「골로새서」4 : 6

1953년 6 · 25전쟁이 끝난 뒤부터 항구도시 인천에 정착하여 초 ·
중 · 고교를 다닌 나는 소위 인천 "짠물" 출신이다. 내가 한때 살던 곳
이 천연소금을 만드는 염전(鹽田) 근처라 어려서부터 소금에 익숙하
다. 염전에서는 땅을 평평하게 고른 후 바닷물을 붓고 일정 기간 뜨거
운 햇볕이 비추어 바닷물이 날아가고 습기가 빠지면 하얗고 뽀송뽀송
한 예쁜 소금 결정체가 만들어진다. 이렇게 만들어진 소금의 쓰임새
는 매우 다양하여 음식 간을 맞추거나 맛을 내기 위한 조미료로 쓰이
거나 배추, 생선 등에 소금을 뿌려 절이기도 하고 상큼한 젓갈류도 만
든다. 그러나 무엇보다 소금은 부패를 막는 역할을 한다. 어찌 보면 하
얀 소금은 용도가 여럿인 기묘한 물질이다.

인천 자유공원 밑 웃터골에 있는 제물포고등학교에 입학한 나는 소
금을 다시 만났다. 학교 교훈이 "학식은 사회의 등불, 양심은 민족의
소금"이었기 때문이다. 항구도시에 어울리게 소금과 등대로 구성한

학교 모표는 소금 결정체 세 개를 삼각형으로 밑에 배치한 다음 그 위에 등대 모양을 얹었다. 소금과 빛은 기독교인의 정체성을 가장 잘 표현하는 구체적 상징물인데, 이 디자인은 부패를 막는 소금 같은 양심을 가지고 등대처럼 험난한 세상을 인도하라는 뜻이리라. 제물포고등학교의 소금과 빛의 구체적 행동강령으로 "무감독시험(Honor system)" 제도가 있었다. 내 고등학교 시절에는 무감독시험 체제하에서 낙제로 진급하지 못하는 학생이 오히려 영웅이 되기도 했다. 감독교사가 없으니 낙제를 면할 정도로 부정행위를 저지를 수도 있었겠지만, 학교 전통을 위해 살신성인(殺身成仁)을 했다고나 할까? 아니면 그저 바보, 멍청이라고 불러야 할까?

성서에서 내가 좋아하는 구절은 바로 예수의 소금과 빛의 가르침이 나오는 부분이다. 30세에 예수가 공생애를 시작하면서 했던 첫 설교가 그 유명한 산상설교다. 흔히 팔복이라 불리는 이 설교는 신구약 전체의 교리를 요약한 것으로, 예수는 이 팔복에 관한 부분에 이어 곧바로 "소금과 빛"에 관해 말씀하신다.

너희는 세상의 소금이니 소금이 만일 그 맛을 잃으면 무엇으로 짜게 하리요 후에는 아무 쓸데없어 다만 밖에 버려져 사람에게 밟힐 뿐이니라 너희는 세상의 빛이라 산 위에 있는 동네가 숨겨지지 못할 것이요 사람이 등불을 켜서 말 아래에 두지 아니하고 등경 위에 두나니 이러므로 집 안 모든 사람에게 비치느니라 이같이 너희 빛이 사람 앞

에 비치게 하여 그들로 너희 착한 행실을 보고 하늘에 계신 너희 아
버지께 영광을 돌리게 하라

— 「마태복음」 5 : 13~16

그런데 이상하게도 대부분 기독교인은 심지어 상당수 목회자까지
"빛과 소금"이라고 말한다. 예수께서 분명 "소금과 빛"이라 말씀하셨
는데 어떻게 된 일인가? 시시한 소금보다 화려한 빛이 더 좋다는 뜻
인가? 어떤 사람은 소금과 빛의 순서가 뭐 그렇게 중요하냐고 말할지
모르나 나에게는 소금이 빛보다 먼저 오는 것이 매우 중요하다고 본
다.

예수님이 직접 그 순서를 정하셨다. 소금의 역할을 잘 해낸 다음에
야 빛의 역할을 감당할 수 있기 때문이다. 실제로 아열대 지역에 살았
던 유대인들에게 소금은 일상생활의 필수품이어서 우리보다 살아가
는 데 훨씬 더 중요한 생필품이었을 것이다. 소금의 부패 방지 효과는
물질적 차원에서 절대 필요하지만, 영적 생활에도 필수다. 물욕이나
탐욕에 오염되지 않고 순수하고 부패하지 않으려면 소금은 없으면 안
된다. 우리는 빛이 되기 전 몸과 마음이 죄로 썩지 않도록 소금에 절여
야 한다.

소금은 부패에 빠지는 것을 막아주는 방부제, 즉 죄에서 독을 빼주
는 해독제다. 소금은 어떤 의미에서 유교적 용어 수신제가(修身齊家)
의 영역, 즉 극기복례(克己復禮)에 속하고, 사람됨에 있어서 기본 요소

다. 반면 빛은 치국평천하(治國平天下)의 영역이 아닐까. 우리는 소금
의 역할을 잘한 후에야 이웃을 사랑하고 인도하고 사회에서 빛의 역할
을 담당할 수 있을 것이다. 그러니까 소금의 역할은 신앙생활에서 토
대 작업이고 빛의 기능은 상부구조의 과제와 연결되는 것이 아닐까?
우리 모두 화려한 "빛 되기"에 앞서 겸손한 "소금 되기"가 되어야 하리
라.

바다에서 나오는 소금은 생명의 근원이다. 38억 년 전 하늘에서 염
산성 비가 내려 바다가 만들어졌으니 소금의 나이는 38억 살이다. 소
금은 맛을 내고 부패를 막는다. 류시화는 「소금」이란 시에서 소금을
상처, 아픔, 눈물과 연결시킨다. 소금이 "바다의 상처"이고, "바다의
아픔"이며 "바다의 눈물"이라는 것이다. 그는 38억 년 전 소금이 바다
에서 처음으로 만들어지는 치열한 과정을 상상했을지도 모른다.

소금은 짠맛으로 단맛을 더할 수 있지만 다른 것들의 부패를 막느
라 "상처"를 입을 수도 있다. 소금이 바다의 "아픔"인 것은 남의 맛을
더해주느라 자신을 희생하여 아픔이 되는 것일까? 흰색 소금이 뿌려
질 때 바다는 최고 경지의 "눈물"이 된다. 순백색의 순결한 소금은 썩
고 부패한 곳에서 눈물을 흘린다. 소금에 대한 시인의 놀라운 상상력
의 도약이다. 이 시인의 노래처럼 우리가 이 사회와 역사에서 자연과
타자를 위해 공감과 사랑을 실천하는 건강한 하얀 소금이 되려면 "상
처" 입고 "아픔"을 느끼고 "눈물"을 흘려야만 하리라.

나 자신과 관련된 소금 이야기를 좀 더 해보자. 나는 6~7세 되었을

때 언젠가 밤에 자다가 요에 오줌을 쌌다. 아침에 어머니는 나에게 키를 쓰게 하고 동네 몇 집을 한 바퀴 돌고 오라고 하였다. 내가 키를 머리에 이고 옆집에 들어가니 아주머니가 나를 향해 소금을 뿌렸다. 이것은 아동의 야간 방뇨증을 해결하려고 소금을 뿌려 일종의 잡귀를 물리치려는 민간 의식이다. 그 후에 나는 잠자리에서 야간 방뇨를 계속한 기억은 없다.

나는 2000년대 초, 이스라엘, 이집트, 요르단으로 성지 순례를 다녀온 적이 있다. 소금호수로 유명한 사해(死海)를 갔다. 그곳에서 수영복 차림으로 물에 들어갔는데 소문대로 내 몸이 가라앉지 않고 동동 떴다. 죄짓기 쉬운 인간은 부패를 막아주는 소금바다에 몸을 내던져 깨끗해지면 죄의 무게에 가라앉지 않고 위로 솟아오르는 것일까 생각해보았다. 이것이 예수께서 소금을 강조한 까닭일까?

최근 나는 어느 날 꿈속에서 하얀 소금을 한 움큼 쥐고 여러 번 하늘로 뿌렸다. 그 소금들은 창공에 박혀 별무리가 되었다. 나는 기뻐서 어쩔 줄 모르다가 잠에서 깨어났다. 나는 가끔 밤하늘을 쳐다보면서 어린 시절 인천에서 햇빛에 반짝이는 하얀 소금을 경이롭게 바라보던 때를 기억하며 별무리들이 떨어진 것이 아닌가 생각해보기도 한다.

소금에 대한 나의 꿈은 소박하다. 나는 이웃에게 화려한 빛보다 겸손한 소금이 되고 싶다. 빛은 이해와 통찰을 주지만 자주 교만과 눈멂(맹목)을 주지 않는가? 나는 소금처럼 귀하고, 희고, 변하지 않고, 맛을 내고 싶다. 그러나 얼마 남지 않은 나의 삶에서 나는 다시 "짠물"이 되어 이러한 소금의 꿈을 어떻게 이룰 것인가?

4월 14일

마른 잔디에 불을 질러라!
시든 풀잎을 살라 버려라!

죽은 풀에 불이 붙으면
히노란 언덕이 발갛게 탄다
봄 와서 옛터에 속잎이 나면
불탄 벌판이 파랗게 된다

— 피천득, 「불을 질러라」 1, 2연

1972년 봄 4월 14일, 내 삶에서 결코 잊힐 수 없는 사건이 일어났다. 당시는 박정희 군사 정권이 "유신(維新)"이란 이름 아래 헌법도 바꾸고 영구 집권을 목표로 음모를 꾸미던 때였는데, 나는 대학원 진학을 목표로 주로 대학 도서관에서 지냈다. 나는 운동권은 아니었으나 의분을 못 참고 간혹 데모에 참석하여 "독재 타도! 유신 반대!" 구호를 외치곤 했다. 우리는 군사정부가 민간에게 정권을 이양하기로 한 약속을 어기고 본인이 대만의 장개석 총통이 되고자 획책하는 것이 아닌가 공분을 토해냈다. 운동권 학생이 아니더라도 거의 모든 대학생이

민주화에 대한 열망으로 뜨거웠다. 나의 대학 재학 시기인 1968년부터 1972년까지는 학생 데모로 거의 매 학기 한 달 정도 공부하다가 곧바로 휴교가 되어 강의가 진행되지 못했다. 그 결과 대학 다니면서 각 과목 교재를 제대로 배워 마친 적이 거의 없었다. 대개는 시작하다 말았다고 할까. 개인적 소견이지만 국가적으로 얼마나 큰 손실인가! 이것이 그들이 역사에 지은 진정한 죄이리라.

그날도 비교적 대규모 데모가 있었다. 마침 그때 대학 앞인 신설동에서 청량리역으로 가는 대로변에 군용 지프와 고급 승용차 등 일단의 차량 행렬이 길게 이어졌다. 우리 데모대는 정부 중요한 직책을 맡은 자가 지나가는가 싶어 준비된 돌들을 마구 던져댔다. 그러던 중 갑자기 차량 행렬이 멈춰 서더니 항상 잠겨 있던 대로변의 대학 문이 부서지면서 지프가 들어오고 대문을 통해 많은 사람이 대학 안으로 몰려들어오는 게 보였다. 어떤 사람이 머리에 피를 흘리면서 손에 권총을 높이 들고 들어오고 있었다. 무엇이 잘못되었나? 주동자급이 아닌 일반 대학생들은 사태가 심상치 않음을 느끼고 학교 건물 안쪽으로 도망쳐서 뒷문 쪽에 있는 교수연구동과 대학 도서관 건물로 피신하였다.

그러나 사태는 급변하여 총을 든 경찰들과 경호원들이 도서관까지 들어오더니 데모에 참여하지 않은 학생들까지 모두 밖으로 내몰았다. 나중에 들은 이야기지만 강의실은 물론 교수 연구실, 화장실까지 뒤져 저항하는 교수들과 학생들을 모두 밖으로 내몰았다. 여태껏 경찰이나 경호원(군인)이 교내까지 진입한 경우는 거의 없었기에 모두 당황하고 무척 놀랐다. 경찰들은 각 건물에서 학생들을 내몰아 모두 손을 최대한 위로 쳐들고 머리는 땅 쪽으로 숙이게 하고 일렬로 세워 운동장으로 몰아갔다. 전쟁 중 패잔병 포로들을 함부로 대하며 질질 끌고 가는 모습과 유사했다. 머리를 조금 올리거나 손을 내리면 곧바로 군홧발이 올라왔다. 얼마 후 운동장에는 100명이 넘는 학생들이 머리를 숙이고 손을 들고 서 있었다. 다시는 보고 싶지 않은 치욕적인 장면이었다. 우리는 이미 와 있는 여러 대의 경찰버스에 올라타고 동대문경찰서로 이송되었다.

곧 알게 되었지만, 우리가 시위하던 그 시간에 박정희 대통령이 공릉동 육군사관학교 행사에 참석하기 위해 대학 앞을 지나가던 중이었는데, 우리는 사전에 그런 일을 전혀 알 수 없었다. 혹 알았다면 그래도 국가수반이 지나가는데 마구 돌을 던졌을까? 본래는 안암동 고려대학교 앞으로 가려다 비교적 얌전한(?) 학생들이 다니는 서울대 사범대학 앞으로 방향을 틀었다는 것이다. 시위대 학생들이 던진 돌에 맞아 경호원이 피를 흘리는 모습을 보게 된 대통령 박정희는 차에서 내려 대학교로 들어가 데모대를 모두 색출하라는 명령을 직접 내렸다는 것이다. 일제 때 명색이 사범학교를 나왔다는 박정희 씨가 국가원수 모독죄로 이렇게 경찰과 경호부대를 대학으로 몰고 들어와 쑥대밭을 만들 수 있는가? 전쟁포로도 이렇게 잡아가지는 않았으리라.

동대문경찰서 유치장은 학생들로 발 디딜 틈이 없었다. 저녁 시간이 지났으나 식사한 기억이 없다. 곧바로 조사가 시작되었고, 취조관

은 흥분해서 국가원수에게 예의 없이 돌을 던지느냐고 호통치며 너희
들은 이제 즉각 퇴학 처분은 물론 감옥에 처박혀 지낼 것이니 인생은
끝장났다고 협박하였다. 다행히 취조관에게 매를 많이 맞은 기억은
없다. 나는 최소한 대학 앞을 지나가던 차량 행렬이 대통령 일행이었
다는 것을 알았더라면 학생 데모대가 돌을 함부로 던지지 않고 구호만
외쳤을 거라고 취조관에게 대답했던 것 같다. 조금 비겁했나? 유치장
의 밤은 깊어갔다. 다른 동료 학생들은 무슨 생각을 했는지 모르지만
나는 이제 학교에서 퇴학당하고 징역까지 살게 되면 무엇을 할 것인가
장래 문제를 생각해보았다. 무슨 독립운동하다 체포된 것도 아니고
독재 타도, 유신 반대 데모로 잡혀 들어온 것에 대해 후회는 없었지만,
어머니 생각과 여자친구 얼굴이 눈앞에 아른거렸다.

  밤은 깊어만 갔고, 이제 학생들 모두가 소곤소곤이나마 앞으로의
사태에 관해 이야기하고 있었다. 밤 11시쯤 되었을까? 갑자기 한 간부
급 경찰관이 유치장에 들어와 "너희들 이제 석방이다"라고 소리치는
것 아닌가. 우리는 모두 어안이 벙벙했다. 그것도 무조건 석방이고 오
늘 일은 없던 일로 하겠단다. 박정희 정부와 대학 간의 오늘 사태에 대
한 논의가 그렇게도 쉽게 끝났단 말인가? 밤늦게 동대문경찰서를 빠
져나오면서도 쉽게 믿을 수 없었다. 뒷얘기를 들으니 그날 경찰을 동
원해서 대학을 점거하고 학생들을 모두 연행한 데모 사태가 전 세계에
뉴스로 알려지게 되었고 장기 군사 독재 정부로 낙인찍히고 있었던 박
정희 정권의 처지가 난처해졌다는 것이다. 그래서 당국자가 신속하게

석방 결정을 내린 것 같았다.

 그날 밤 하숙으로 돌아온 나는 얼마 전에 읽은 노벨문학상 수상 작가 펄 S. 벅의 구한말부터 해방 이전의 한국을 다룬 역사 소설인 『살아 있는 갈대』(1963)의 한 구절이 생각났다. 이 장편소설은 펄 벅이 중국 농민을 주제로 한 소설 『대지』 이래 일제강점기 한국에 관한 대하소설이다.

> 그 바로 전날 경성에서 소요 사건이 있었다. 그러나 이즈음에는 그런 일이 종종 있었기 때문에 인덕[주인공 김연환의 아내]은 남편한테 그 이야기를 전해 듣고도 별로 신경을 쓰지 않았다. 연환의 이야기로는 일본인 총독이 자기의 관저로 가기 위해 연환의 학교 문 앞을 지나가는데 몇몇 학생들이 만세를 부르다 잡혀갔다는 것이었다. 학생들의 외침은 조선의 독립을 바라는 절규였다. 만세 소리에 총독 호위병들이 학생들을 덮쳐 총독에 대한 불경죄로 투옥시켰다는 것이었다. 이런 사건은 조선의 어디에서나 일어날 수 있었다. 아니, 요즈음에는 거의 날마다 일어났고, 그래서 조선인들 사이에서는 점차 궐기의 조짐이 번져갔다. 지금은 조용히 타들어가고 있지만 때가 되면 맹렬히 폭발할 가능성이 있다.
>
> — 펄 벅, 『살아 있는 갈대』(장왕록 외 옮김)

 일제강점기의 학생들은 조선의 자주 독립을 외쳤으나 1970년대 초 유신시대 우리들은 한국의 민주화를 부르짖었다. 역사는 반복되는 것이 아닌가 하는 무거운 마음으로 그날 밤 나는 쉽게 잠을 이룰 수가 없었다.

그때까지 나는 공적 인간으로서 박정희를 싫어했었다. 박정희는 4·19혁명 이후 새로운 민주국가를 다시 시작하려고 1961년 군사쿠데타를 일으켜 강제로 민주 정권을 탈취하였기 때문이다. 4·14사태 이후로는 사적 인간으로서 박정희를 좋지 않게 평가할 수밖에 없었다. 아무리 독재자이지만 대학에 직접 쳐들어와 반란군 소탕 작전하듯 그렇게 모욕적으로 잔인하게 의분에 찬 대학생들을 먼지 쓸듯 끌고 가다니! 학생들이 실정법을 어긴 것은 사실이더라도 어째서 최소한의 관용을 보여주지 못했을까? 군사쿠데타까지 일으켜 정권을 잡은 자가 배포가 그렇게 좁다니! 지금 생각해도 이해가 잘 되지 않는다.

그렇게 생각하다 보니 박정희 씨와 나의 인연은 좀 더 거슬러 올라간다. 내가 인천중학교에 입학한 1961년 5·16 군사쿠데타가 일어나 당시 길영희 교장 선생님이 군사정부의 교육정책에 의해 강제 퇴임 당했다. 나는 중학교 1학년이었지만 선생님들과 선배들은 인격적으로 길영희 교장 선생님을 존경하였다. 무엇보다도 매주 월요일 운동장에서 전체 조회가 있었는데 교장 선생님의 훈화 연설에 큰 감화를 받은 기억이 아직도 새롭다.

1965년 고등학교 2학년 때 나는 처음으로 거리시위에 나섰다. 소위 한일회담 반대 데모였다. 학생들이 대오를 지어 인천 시내를 누비고 다니면서 한일회담 반대 구호를 외쳤는데, 그때는 몰랐지만, 이것은 분명 박정희 정부의 관제 데모였고 우리 학생들이 이용당한 것이다. 한일회담이 배상금 때문에 교착 상태에 빠지자 당시 박정희 정부는 고등학생들까지 데모로 내몰아 일본을 압박하려 했을 것이다. 지금 생각하면 황폐한 시대의 희한한 아이러니를 느낀다. 1965년에는 박정희를 위해, 7년 뒤인 1972년에는 박정희를 반대하는 시위에 참여했으니 주고받은 셈인가?

4·14사태 후 세월이 흘러 1979년 10월 26일, 유신헌법까지 만들어 영구 집권의 길을 연 박정희 대통령이 어이없게도 굳게 믿었던 부하 김재규 중앙정보부장에게 총을 맞고 목숨을 잃었다. 그때 사람들은 모두 올 것이 왔고 사필귀정(事必歸正)이라고 생각했지만, 그의 몰락이 그렇게 빨리 오리라고 생각하지 못한 터라 적지 않게 놀랐다. 당시 나는 1965년과 1972년 개인적으로 겪은 불편한 경험을 떠올렸던 생각이 난다. 갑작스러운 대통령의 유고로 위수령이 발동되어 내가 봉직하던 대학교도 모두 휴교가 되어 대학 문은 또다시 닫혔다. 살아서도 반정부 시위로 수시로 대학 문이 닫히더니만 죽어도 대학 문이 닫히다니!

퇴임 후 가끔 동작동 국립현충원에 산책하러 간다. 현충원과 멀지 않은 곳에 살기 때문이기도 하지만 순국선열들, 즉 일제강점기 때 애국지사들과 6·25전쟁터에서 전사한 장병들에 대한 감사한 마음도 있고 무엇보다 근처에 그만한 녹지와 공원이 없기 때문이다. 자동차로 현충원 정문을 지나 박정희 부부 묘소 앞을 지나가게 된다. 대부분 그냥 지나치지만 단 한 번 긴 계단을 올라 참배했다. 물론 박정희 씨와 개인적 관계는 없지만 의미심장한 4·14 사태가 일어난 지도 50년이 지나간다. 독재자 박정희 대통령이 민주화의 적이긴 하지만 산업화의 공은 인정해야 한다는 재평가 논의가 있다. 개인적인 생각으로 인간은 모두 완전하지 못하기에 공칠과삼(功七過三), 즉 공적이 일곱 가지이고 과실이 세 가지라면 인정해야 한다고 믿는다. 그러나 박정희의 경우 개인적 경험인 4·14 사태 때문인지 쉽게 판단 내리지 못하고 있다. 내 나이가 벌써 그가 타계한 나이보다 많아졌는데도 1972년 4월 14일 사태 때 박정희 씨가 보여준 작태를 아직도 쉽게 잊을 수 없다. 하지만 이쯤 해서 화해(?)하면 어떨까? 눈을 들어 남산과 북한산 그리고 한강을 바라보니 하얀 구름 떼가 하늘 높이 조용히 강물 따라 떠내려가고 있었다.

"해"바라기의 편지

인생을 여행하는 자에게 친절한 조언과 도움을 주는 사람은, 단 한
명일지라도 지인과 친척, 가족을 모두 합친 것과 같다. 결론, "한 사
람의 아내를 찾아낸 자는 신의 은총을 입은 것이다."

— 아미엘, 『일기』(이희영 옮김)

아내, 이 세상에 아내라는 말같이 정답고 마음이 놓이고 아늑하고
평화로운 이름이 있겠는가. 1000년 전 영국에서는 아내를 "피스 위버
(Peace-weaver)"라고 불렀다. 평화를 짜나가는 사람이란 말이다.

— 피천득, 수필 「시집가는 친구 딸에게」

샬롬!

오늘 나는 쑥스럽지만, 사랑으로 가득 찬 마음으로 오랜만에 당신
을 "여보"라고 불러봅니다. 우리가 결혼식을 올린 지 벌써 30년이 되
었습니다. "여보, 사랑해"라고 다시 되뇌니 오래전에 내가 던진 말이
이제야 메아리 되어 나에게 다시 돌아오는 것같이 나의 혼을 울립니
다. "사랑"이라는 말에 여러 뜻이 있다고는 하지만 오늘은 너무나 진
부한 것 같아요. 세속의 때로 물들어 너무 값싸게 쓰이는 사랑이라는

말보다 더 강렬하고 뜨거운 단어는 없을까요? 아마도 "여보, 고마워"
가 지금 당신에 대한 내 심정에 가장 가까운 것이 아닐지 모르겠네요.
"범사에 하나님께 감사하라"라는 말씀같이 감사하는 마음은 사랑, 애
호, 경애, 존경 등 복합적 심정을 포괄적으로 드러내는 말이 아닌가 합
니다.

　당신은 우리 두 사람 모두의 은사 피천득 선생님이 수필에서 말씀
하시는 나의 "구원의 여상"입니다. 그동안 나는 30여 권의 책을 냈지
만, 사랑하는 "내부의 적" 당신의 눈과 손을 거치지 않은 글은 거의 없
지요. 휘갈겨 쓰고 읽기 어려운 만연체 글을 그나마 "읽을 수 있게" 바
꾸고 교정 보느라 시력까지 상하고 안경도 쓰게 됐지요.

　　[구원의 여상은] 신의 존재, 영혼의 존엄성, 진리와 미, 사랑과 기도,
　이런 것들을 믿으려고 안타깝게 애쓰는 여성입니다.
　　　　　　　　　　　　　　　　　　　　　── 피천득, 「구원의 여상」

　이 편지를 쓰면서 당신과 지낸 지난 30여 년을 돌이켜보니 당신이
란 사람은 가정, 직장, 사회에서 정말로 내 삶의 중심에 있었음을 다시
한번 알게 됩니다. 당신은 신혼 때인 나의 대학원 조교 시절부터 미국
유학 시절 그리고 그 후의 여러 방면에서 내가 바쁘게 활동할 때 흔들
리지 않는 중심이 되어 나를 인도하였죠.

　당신과 나의 관계를 컴퍼스의 두 다리, 즉 중심과 바깥다리로 비유

하고 싶습니다. 당신이 중심에서 굳건히 지키고 있었기에 나는 밖으로 마음껏 나가 움직이며 원을 그릴 수 있었지요. 앞으로도 당신이 한가운데에서 중심을 지켜주시는 한 나는 더 멀리 바깥으로 나가 더 큰 원을 그릴 수 있을 겁니다. 그러니 앞으로도 나의 중심 역할을 해주십시오. 내가 너무 이기적이지요. 당신이 원하신다면 이제는 역할을 바꾸어 내가 중심에 서고 당신이 컴퍼스 바깥다리가 되어 활동하실 수도 있겠지요. 당신을 위해 나는 소위 외조를 기꺼이 떠맡겠습니다. 앞으로는 필요에 따라 서로 중심이 되기도 바깥이 되기도 할까요?

당신에게 감사한 마음을 보답하는 길이 무엇인가 생각해봅니다. 무엇보다 그것은 우리 가정을 하나님에 대한 믿음의 굳건한 터전 위에 그리스도의 가정으로 세우고 이끌어가는 것으로 생각됩니다. 날마다 기도하고 말씀 읽고 묵상하고 찬양하고 봉사하는 기쁘고 경건한 생활 말입니다. 앞으로 계속 노력하겠습니다. 요즘 들어 자주 생각합니다. 보잘것없는 나의 삶에 당신이란 아내를 통해 하나님의 뜻이 어떻게 역사하시는지 생각하며 외람되나마 하나님의 섭리에 놀라고 예수님의 사랑에 감사하고 성령님의 도우심에 감동하고 있습니다. 은밀한 곳에서 기도하며 감사의 눈물을 흘리기도 하지요. 이 모든 은혜와 화평이 나에게 가능하게 된 것이 모두 당신 때문임을 다시 한번 감사 기도 드립니다. 자주 나의 죄와 진 빚에 놀라 울다가도 주님의 은혜에 기뻐 웃게 됩니다.

당신은 믿음 좋은 어머니 밑에서 자란 모태 신앙의 셋째 딸이지요.

처음 만났을 때부터 나를 그리스도인으로 만들기 위해 당신이 얼마나 노력했는지 잘 압니다. 1970년 당신이 나에게 선물한 관주성경을 나는 아직도 소중히 간직하고 있지요. 당신을 따라 교회는 다녔지만, 너무나 완악하고 의심이 많은 치유 불가능한 불가지론자였기에 나는 예수님께 진정으로 다가갈 듯하다가도 다가서지 못하고 지난 30년을 영적으로 허비했습니다. 사랑의교회를 다닌 지 16년이 넘었으나 2년 전에야 시몬 베드로같이 "주는 그리스도시요 살아 계신 하나님의 아들"이심을 진심으로 믿고 예수님을 다시 한번 영접하여 마음으로 믿고 입으로 시인하게 되었습니다. 당신의 성경 가방을 들고 당신 뒤를 졸졸 따라다니며 교회 다니다가 이제야 내가 성경을 가슴에 품게 되었습니다. 당신은 너무나도 오랜 기간 문밖에서 나를 기다려주었지요.

급기야 50대 중반 뒤늦게나마 사랑의교회 제자훈련을 신청하였습니다. 지독한 무신론자였던 영국의 영문학자 C.S. 루이스는 어느 날 회심(回心)하여 20세기 최고의 대중 신학자이자 기독교 변증론자가 되었지요. 지금까지 내 인생에서 사상적으로 여러 변화가 있었습니다만 이번의 예수로의 회심은 최종적이고 확고한 것입니다. 일단 신실한 그리스도인이 되어 예수님의 겸손하고 온전한 작은 제자가 되기로 작정하니 매사에 얼마나 편안하고 기쁜지 모릅니다. 숙제가 좀 많을 때도 있지만 남제자16반 훈련대장 목사님과 나와 동행하는 씩씩한 훈련생 집사님들을 토요일마다 만나는 것이 기다려지기도 합니다. 이제는 "긍휼하심을 받고 때를 따라 돕는 은혜를 얻기 위하여 은혜의 보좌 앞에 담대히 나아갈 것"입니다. 천국은 침노하는 자의 것이라 했습니다.

이번 제자훈련을 통해 죄는 크나 제대로 회개하지 못하는 나 자신을 천천히나마 변화시켜 영과 마음과 육 모두가 예수님의 작은 제자가 되는 데 손색없는 신실하고 온전한 그리스도인으로 변화할 것임을 다시 한번 당신에게 다짐합니다. 우리가 우선 예수님을 믿음으로 이신칭의(以信稱義)에 이르고 그 후 일생에 걸쳐 예수를 닮은 삶, 다시 말해 쉼 없는 성화(聖化) 과정이 이루어져야겠지요. 마지막 단계인 영화(榮化)의 꽃은 영생이지요. 이것이 구원의 3단계라지요.

지금까지 돌이켜보건대 나는 당신이 베푼 사랑과 헌신의 일방적 수혜자였습니다. 당신의 눈물과 고통 그리고 오래 참음이 내 삶을 지탱시키고 지금의 나를 만들었지요. 부모님이 나를 낳으시고 키워주셨지만, 성인이 된 후 나를 거듭나고 새롭게 성장시킨 사람은 당신입니다. 직장을 중도에 그만두고 받은 당신의 퇴직금이 나의 미국 유학자금의 종잣돈이 되었지요.

거듭 말하거니와 무엇보다도 죄인인 나를 예수님께로 인도하여 복음을 알게 하고 하나님 나라를 꿈꾸게 했으니 나를 만든 7할은 당신입니다. 감히 구약시대 솔로몬 왕이 쓴 「잠언」 마지막에 이상적인 배우자를 노래한 부분을 당신께 들려드리고 싶습니다.

누가 현숙한 여인을 찾아 얻겠느냐 그의 값은 진주보다 더하니라
그런 자의 남편의 마음은 그를 믿나니 산업이 핍절하지 아니하겠으

며 그런 자는 살아 있는 동안에 그의 남편에게 선을 행하고 악을 행
하지 아니하느니라 그는 양털과 삼을 구하여 부지런히 손으로 일하
며 (…) 그는 곤고한 자에게 손을 펴며 궁핍한 자를 위하여 손을 내밀
며 (…) 입을 열어 지혜를 베풀며 그의 혀로 인애의 법을 말하며 (…)
덕행 있는 여자가 많으나 그대는 모든 여자보다 뛰어나다 하느니라
고운 것도 거짓되고 아름다운 것도 헛되나 오직 여호와를 경외하는
여자는 칭찬을 받을 것이라

—「잠언」 31 : 10~30

나를 위한 당신의 기도와 간구뿐만 아니라 지금까지 수많은 사람
이 얼마나 나를 도와주고 믿어주었는지 잘 압니다. 지금까지 풍성하
게 받은 은혜를 나도 당신과 이웃에게 나누고 싶습니다. 물론 이 모든
것은 우주 만물을 주재하시는 하나님의 크신 사랑의 결과임을 알고 항
상 감사하고 있습니다. 이제는 이웃과 사회를 위해 나도 하나님의 사
랑을 실천하고 예수님의 복음을 전파하고 싶습니다.

이를 위해 보혜사 성령님을 언제나 내 안에 모실 것입니다. 당신도
아시듯이 성령은 "우리의 연약함을 도우시"고 "말할 수 없는 탄식으로
우리를 위하여 간구하시"기 때문입니다. 성령을 통해 "사랑과 희락과
화평과 오래 참음과 자비와 양선과 충성과 온유와 절제"의 열매를 맺
고 싶습니다. 성령의 아홉 가지 열매를 인생 목표로 삼고 주님 앞에 서
는 날까지 나는 예수 그리스도의 자녀로 당신과 함께 주님을 향해 걸

어가고자 합니다. 사랑의 십자가 앞에서 오래 참음과 절제하는 튼튼한 두 기둥 사이에 굳건히 서 있겠습니다.

피천득 선생님이 말씀하시는 "여성의 미"를 당신이 끝까지 유지하기를 나는 두 손 모아 기도드립니다.

여성의 미를 한결같이 유지하는 약방문은 없는가 보다. 다만 착하게 살아온 과거, 진실한 마음씨, 소박한 생활 그리고 아직도 가지고 있는 희망, 그런 것들이 미의 퇴화를 상당히 막아낼 수 있을 것이다.

당신과 내가 언젠가 육체는 쇠퇴하고 늙겠지만 마음으로, 영적으로 영원히 늙지 않는 소년과 소녀였으면 좋겠습니다. 우리가 젊어서부터 좋아하는 영국의 낭만파 시인 윌리엄 워즈워스도 "어른의 아버지는 어린이다"라고 말했지요. 아동문학가 윤석중 선생의 삶의 목표도 "반로환동(返老還童)", 즉 "늙음을 되돌리고 어린아이를 찾아온다"였습니다. 당신이 항상 어린아이처럼 소리 내어 잘 웃을 때 나는 가장 행복합니다. "어린이 되기"가 우리 부부의 "말년의 양식"이었으면 좋겠습니다. 당신 이름이 영어로 "So young"인 것처럼 당신은 "이미 언제나" 아주 젊습니다.

30여 년 전 4월 어느 날 지금은 없어진 동대문구 용두동 서울대 사범대 캠퍼스 뒷동산 청량대에서 당신에게 사랑을 고백하던 기억이 아직도 생생합니다. 살아 있는 기억은 우리 존재의 집입니다. 기억은 과

거의 순간을 포획하여 정지시킨 정태적인 것이 아니고 살아 있는 생명
의 선입니다. 나는 그때 당신에게 "여기에 커다란 황무지가 있는데 그
메마른 땅을 개간하여 젖과 꿀이 흐르는 옥토로 만들지 않겠느냐"고
말했습니다. 여기서 황무지란 물론 저였지요. 그때 당신은 처음에는
자신이 없다고 했지만, 끈질기게 요청하자 당신은 그러면 한번 개간
자 역할을 해보겠노라고 했지요. 그날 밤은 나에게 밤하늘에 별이 가
장 빛나는 밤이었습니다.

그 후 나는 당신에 대한 내 진실한 사랑을 증명하기 위해 면도칼로
새끼손가락을 베어 쓴 혈서를 사랑의 맹세로 당신에게 바쳤습니다.
아직도 당신이 그 혈서를 가지고 계신 것도 알고 있지요. 물론 나의 피
는 우리 모두를 구원하신 예수님의 보혈과 비교도 할 수 없지만, 그때
내가 흘린 피가 가난한 내 생명의 땅을 일구어 아직도 내가 살아 있게
만든 추동력이라고 믿습니다. 만일 당신을 못 만났다면 나라는 황무
지는 아직도 아무런 열매를 맺지 못하고 잡초 무성한 쓸모없는 땅으
로 남았을 것입니다. 나는 가끔 당신은 바람이고 나는 현악기가 아닐
까 생각해봅니다. 당신이 만드는 바람으로 나는 연주됩니다. 아니 당
신은 나라는 악기를 연주하는 연주자입니다.

다시 한번 그때 당신이 나를 배우자로 "선택"해주어 감사드립니다.
오늘 나는 당신에 대한 나의 사랑과 충성을 어떻게 증명할 수 있을까
요. 나는 항상 다음 말을 되뇌고 있습니다; "한 번뿐이고 화살같이 빠
른 삶의 도정(道程)에서 내가 가장 잘한 일은 당신을 이인삼각 경기의

충실한 인생 반려자인 아내로 삼아 믿음의 동지로 살아가는 일이다.”
보잘것없는 나의 긴 편지를 끝까지 읽어주어 고마워요.

　마지막으로 내가 좋아하는 시인 김소월 시 「부부」의 첫 부분과 마지
막 부분을 올려 드리리다.

　　　오오 아내여, 나의 사랑!
　　　하늘이 묶어준 짝이라고
　　　믿고 살음이 마땅치 아니한가.
　　　(…)
　　　나는 말하려노라, 아무러나,
　　　죽어서도 한곳에 묻히더라.

　아멘!

2004년 7월 9일 금요일
사랑의교회 제자훈련을 마치고
당신의 순종하는 종, 정호 드림

추기　　나는 이 글의 제사(題詞)에서 피천득 선생이 소개한 가정에서
　　　　“평화를 짜는 사람”이란 아내의 정의도 좋아합니다. 그러나 우
　　　　리나라 말의 “아내”도 좋아합니다. 국어학자이며 수필가였던
　　　　이희승 교수는 순수한 우리말인 아내를 “집(안)에 있는 해”라고

정의했습니다. 여기서 해는 물론 태양입니다. 그렇게 보면 나는 "오! 나의 태양"인 당신이 가는 대로 언제나 따라가는 "해"바라기입니다. 그러면 이 편지는 당신인 "해"에게 보내는 해바라기인 나의 편지입니다.

두 딸 이야기

늘어가는 아버지에게 딸만큼 소중한 존재는 없다.

— 에우리피데스

1970년대 중반 나는 첫딸을 얻었다. 매우 기뻤다. 남자 형제뿐이라 언제나 누나나 여동생이 있었으면 했다. 내 뒤로 계속 남동생만 셋이 태어났다. 중학생 때 여동생이 생겼는데 얼마 후 병으로 세상을 떴다. 누나나 여동생 있는 친구들이 몹시 부러웠는데 딸이 태어났으니 얼마나 좋던지. 주위 사람들도 첫딸은 집안의 큰 재산이라고 말했다. 2년 후 아내가 딸을 또 낳았다. 딸이 또 태어났어도 나는 좋았는데 이번에는 주위 분위기가 심상치 않았다.

어머님과 장모님의 서운해하는 모습이 역력했다. 주위의 친구들은 나에게 "딸기 아빠"라 불렀는데, 첫째는 "딸"이고 둘째는 "기집애"라 그렇게 부른다는 것이다. 친구들이 딸만 둘이라고 위로주를 사주고 또 아들을 낳아야 하지 않느냐는 등 충고 아닌 충고를 해주기도 했다. 그러나 나는 사실상 별로 동요되지 않고 있었다. 아내도 두 번째는 아들을 낳기를 원했을지 모른다. 나는 딸 부자가 좋았고 차라리 딸, 딸이 자매가 되어 교육에 더 좋을 수도 있다고 생각했다. 물론 아들, 딸이 있으면 균형감은 있을 것이다. 그 후 여러 압박에도 나는 더 아이를 낳지 않고 두 딸만 잘 키우기로 했다.

세월이 흘러 새천년을 맞았다. 2000년대는 1970년대와는 분위기가 많이 바뀌어 아들 선호도가 많이 줄어들었다. 그때부터인지 금메달(딸만 둘), 은메달(딸 하나 아들 하나), 목메달(아들만 둘) 등 아들, 딸에 대한 새로운 농담들이 생겨났다. 사실상 농본주의 부계 사회에서는 아들이 부모를 공양하고 대를 잇는 게 지상 최대의 의무였다. 인류 역사에서 남존여비 사상은 너무나 오랫동안 지속하여, 그동안 여성들은 인정받지 못해 제대로 교육도 못 받고 임신, 출산, 육아, 가사 노동에 매여 살았다. 지금은 여성들의 사회진출이 급격하게 늘어나는 등 소위 여권주의(페미니즘)가 대세를 이루고 있다. 물론 오래된 부권사회가 하루아침에 바뀌지 않을 것이고, 양성평등은 오래 걸리는 개혁과 혁명이 동시에 필요할 것이다.

둘째 딸을 낳았을 때 걱정하며 다음엔 꼭 아들을 낳으라고 진심 어린 충고를 했던 친구가 말했다. ―자기는 지금까지 아들만 둘이라 으스대며 살았는데 이제는 특히 나이가 드니 딸이 더 좋은 것 같다는 것이다. 그래서 기회를 놓칠세라 나는 그 친구에게 어깨를 으쓱하며 의기양양하게 "임마, 딸은 아무나 낳는 줄 아느냐?" 하고 큰소리쳤다. 그 친구는 아무 대꾸도 하지 못했다. 어떤 의미에서 우리는 인류 역사상 다시 모계사회로 회귀하고 있는지도 모른다. 억압된 것은 언젠가 돌아온다고 했던가? 그러나 이런 성의 전쟁은 결코 바람직한 것은 아니다. 결국, 남자와 여자는 서로 차이를 인정하고 함께 조화를 이루며 살아가야 하지 않겠는가?

나는 페미니스트로서 두 딸을 어려서부터 잘 키우려고 노력했다. 우선 나는 W.B. 예이츠의 시 「나의 딸을 위한 기도」를 수시로 읽었다. 좀 길지만, 핵심적인 두 연(聯)을 인용해본다.

> 이 딸에게 아름다움을 허락하소서, 그러나
> 남의 눈을 어지럽게 하는 아름다움이 아니라,
> 거울 앞에 선 그 애의 모습을 너무나
> 아름답게 만들지는 마옵소서.
> 그리고 아름다움을 적합한 목적으로 생각지 말고,
> 타고난 친절과, 옳은 것을 선택하는
> 진실된 친교(親交)를 잃고
> 친구를 찾는 일이 없게 하옵소서.
>
> 내 딸을 눈에 띄지 않는 무성한 나무가 되게 하옵소서,
> 생각하는 것이 모두 홍방울새같이 되고,
> 그 아량 있는 생각의 음향(音響)을 주위에
> 뿌려 주는 일에만 전념하게 하옵고,
> 오로지 웃고 즐기는 일만을 쫓거나
> 다만 웃고 즐기는 일만을 위해서 싸우게 마옵소서.
> 오, 내 딸이 정다운 영원한 곳에 뿌리를 내리고,

푸른 월계수처럼 살 수 있게 하옵소서.

초등학교 때부터 딸들에게 21세기 세계시민의 소양을 키워주고자 내가 공부하러 영국과 미국에 갈 때 데리고 갔다. 사실은 내가 박사학위 과정과 연구를 위해 갈 때 가족도 동행한 것이다. 그 후 두 딸은 중·고등학교와 대학 과정은 국내에서 보낸 다음 석박사 과정을 미국에서 마쳤다. 이런 과정에서 아내는 자신의 공부는 포기하고 딸들에게 헌신했다. 다행히 두 딸 모두 본인들 노력으로 풀브라이트 장학금도 얻고 미국 대학에서 장학금을 받아 큰돈 안 들이고 학위를 마친 후 귀국하여 운 좋게 대학에 자리를 잡고 교육과 연구에 전념하고 있다. 큰딸은 결혼하여 가정을 이루어 손주까지 안겨주었다. 둘째 딸은 아직도 혼자 지내며 연구에 몰두하고 있다. 그러나 아내와 나는 딸들이 이제는 자신들이 원하는 삶을 살기를 바랄 뿐이다. 우리 부부가 기도했던 대로 전문인으로 살아가는 것에 감사할 따름이다.

그래도 이제 성인이 되어 교수가 된 두 딸에게 학자로서의 길이 얼마나 어려운지 들려주고 싶은 말이 아직도 남아 있다. 시인이며 수필가인 피천득 선생님이 내가 하고 싶은 말을 이미 써놓으셨기에 여기에 인용한다.

학문하는 사람에게 고적은 따를 수밖에 없다. 혼자서 일하고 혼자서 생각하는 시간이 거의 전부이기에 일상생활의 가지가지의 환락을 잃어버리고 사람들과 소원해지게 된다. 현대에 있어 연구 생활은 싸움이다. 너는 벌써 많은 싸움을 하여왔다. 그리고 이겨왔다. 이 싸움을 네가 언제까지 할 수 있나, 나는 가끔 생각해본다. 그리고 너에게 용기를 복돋워준다는 것이 가혹한 것이라고 생각하기도 한다.

진리 탐구는 결과보다도 그 과정이 아름다울 때가 있다. 특히 과학은 연구 도중 너에게 차고 맑은 기쁨을 주는 순간이 많으리라. 허위가 조금도 허용되지 않는 이 직업에는 정당한 보수와 정당한 영예가 있으리라 믿는다.

— 피천득, 수필 「딸에게」

이 수필은 미국 보스턴대학교에서 물리학 교수가 된 딸 서영을 위해 쓴 글이다.

둘째 딸은 아직 독신으로 있는데, 나는 결혼을 강요하지 않는다. 물론 좋은 배우자를 만나 행복하게 살면 좋겠지만, 언젠가는 그런 날이 올 수도 있고 안 올 수도 있다. 그러나 나는 상관없다. 딸애만 현재 생활에 보람을 느끼고 행복하면 된다. 한때는 여자가 결혼 안 하는 게 무슨 결함인 것처럼 편견이 있을 때도 있었지만, 지금은 그런 시대가 아니다. 둘째 딸에게 피천득 선생님의 다음 글을 다시 전한다.

너는 디킨스의 애그니스같이 온아하고 참을성 있는 푸른 나무와 같은 여성이 되기 바란다. 좋은 아내, 좋은 엄마가 되어 순조로운 가정생활을 하는 것이 옳은 길인지, 아니면 외롭게 살며 연구에 정진하

는 것이 네가 택해야 할 길인지 그것은 너 혼자서 결정할 문제다. 어
떤 길이든 네가 가고 싶으면 그것이 옳은 길이 될 것이다.

— 피천득, 수필「딸에게」

나는 이제 두 딸이 몸은 변하나 마음만은 영원히 싱싱하고 푸르른
"나의 딸"만이 아니라 무엇보다 "신의 존재, 영혼의 존엄성, 진리와
미, 사랑과 기도, 이런 것들을 믿으려고 안타깝게 애쓰는"(피천득, 「구
원(久遠)의 여상(女像)」) "하나님의 딸"이 되기를 계속 기도 드린다.

너희는 이전 일은 기억하지 말며 옛날 일을 생각하
지 말라 보라 내가 새 일을 행하리니 이제 나타낼 것
이다. 너희가 그것을 알지 못하겠느냐 반드시 내가 광
야에 길을 사막에 강을 내리니

— 「이사야」 43 : 18∼19

여름

인생은 작은 인연들로 아름다워

길영희 교장 선생님

"학식은 사회의 등불, 양심은 민족의 소금."
— 길영희 선생이 제정한 제물포고등학교 교훈

평생 좋은 선생님을 만나는 복을 누린 나는 참으로 운 좋은 학생이었다. 지금의 내가 된 것은 오로지 그동안 만난 선생님들 덕분이다. 성함을 잊은 선생님도 몇 분 계시지만 선한 영향력을 끼쳐주신 선생님들을 여기에 소개하고 싶다. 초등학교 6학년 때 박정수 선생님, 중·고등학교 때 장선백, 오춘근, 성우경, 김주영 선생님들에게 참으로 좋은 가르침을 받았다. 대학교 때는 피천득, 장왕록 교수님, 대학원 때는 전제옥, 송욱, 강대건, 백낙청 교수님께 많은 것을 배웠다. 미국에서 공부할 때는 제임스 키스트, 조셉 게리노, 이합 핫산의 배려와 지도를 잊을 수 없다. 그러나 돌이켜 보니 지금까지 나에게 가장 강렬하게 각인된 선생님은 교실에서 직접 가르치시지는 않았지만, 누구보다도 길영희 교장 선생님(1900~1984)이다. 길 선생님을 처음 본 것은 1961년 3월 인천중학교에 입학했을 때였다. 그것도 교실이 아닌 운동장 월례 조회 때였다.

인천중학교에 처음 입학했을 때 학교에 가서 네 가지에 놀랐던 기

억이 있다. 우선 운동장이 엄청나게 넓었는데, 그곳은 일제강점기부
터 제물포 청년운동의 발상지 인천공설운동장이 있던 자리였다. 둘째
는 학교가 분지 속에 포근하게 싸여 있었다. 월미도와 서해가 보이는
자유공원이 있는 응봉산 꼭대기 웃터골 분지에 세워진 터라 학교 교정
에 들어가면 마음이 안정되고 차분해지며 누군가 날 안아주는 것 같은
느낌이 들었다. 셋째는 1959년 새로 지은 최신식 3층짜리 도서관이었
다. 당시 국내 최초로 완전개가식이어서 책을 마음대로 가져다 놓고
펴볼 수 있었기에 나는 도서관이 제일 좋았다. 넷째는 돌대가리(石頭)
라는 별명을 가진 우리 시대 교육자 길영희 교장 선생님이었다. 항상
국민복 차림으로 교정을 걸어 다니셨고 특히 운동장에서 열리는 전교
생 월례조회 때의 명연설은 우리의 몸과 마음을 사로잡았다. 길 교장
선생님의 뜨거운 훈화 말씀이 지금도 귀에 쟁쟁하게 울리는 것 같다.
구체적 내용은 자세히 기억나지 않지만 주로 조국 부흥과 학도들 책무
에 관한 내용이었다. 중학교 1학년 때라 그 말씀을 다 이해하지 못했
으나 교장 선생님의 열정 넘치는 열변은 어린 나에게 매우 감동적이었
다. 그러나 그해 5·16군사쿠데타가 일어나고 교장 선생님은 10월에
강제 퇴임하셨다. 영감 넘치는 교장 선생님의 훈화 말씀을 더는 못 듣
게 된 게 너무나도 안타까웠다.

   길 교장 선생님은 일제강점 초기 경성제국대학 의과대학을 다닐 때
과대표로 1919년 3·1독립운동의 선봉에 섰기에 퇴교 처분을 받은 독
립운동가였고, 지금은 독립유공자다. 그 후 식민지 조국을 해방시키

고 계몽, 발전시키기 위해 가장 필요한 것은 무엇보다 교육과 인재 양성이라는 사실을 깨달으신 선생님은 일본 광도고등사범을 졸업하였다. 그런 다음 선생님은 계몽 지식인으로 농촌 농민 운동을 시작했다. 특히 1937년 서울에서 도산 안창호 선생을 만나 대화와 토론을 통해 흥사단 강령인 "무실역행"의 영향을 받은 후에는 본격적으로 교육사상가, 현장교육자로 활동하였다. 해방 직후 인천 시민들의 추대로 인천중학교 교장 선생님으로 부임하고 1954년에는 제물포고등학교를 개교하였다. 그리고 1971년에는 충청남도 가루실 농민학교를 세워 당시 일반 중·고등학교에 입학하지 못한 농촌 학생들을 모아 농촌지도자 교육에 힘썼다. 중앙대학교 교육학과 명예교수이자 독립기념관장을 지낸 이문원 교수의 저서 『한국의 교육사상가』(2002)에서 길 교장 선생님이 중요하게 다루어져 신라 시대 원효대사로부터 시작하여 정몽주, 이황, 이이, 박지원, 정약용, 이승훈, 김구, 안창호, 김교신 등 한국의 49명 교육사상가와 함께 논의되고 있다.

길 교장 선생님의 교육사상을 가장 잘 드러내는 것은 선생께서 직접 창설하신 제물포고등학교의 교훈, "학식은 사회의 등불, 양심은 민족의 소금"이다. 학식과 양심이 각각 "등불"과 "소금"의 상징으로 표시되어 있는데, 교장 선생님은 나라와 민족의 발전을 위한 지식 습득만큼이나 사회 개혁과 발전을 위한 윤리의식이 중요함을 강조하였다. 많은 사람이 교장 선생님의 교육사상은 동양의 유가 사상에서 온 것으로 생각한다. 이 말은 물론 틀린 것이 아니다. 어려서부터 한학 공부를 하신 선생님은『논어』중에서 우리 시대를 위한 핵심적 구절들을 선별하여 직접 쓰신『논어초(論語抄)』를 남겨놓았다. (선생님께서 직접 쓰신 『논어』요절 족자를 나는 서재에 걸어놓고 소중하게 간직하고 있다.)

인천중학교, 제물포고등학교 교훈에는 기독교 성서의 직접적 영향이 강하게 나타나는데,『신약성서』「마태복음」5장 13~18절에 나오는 유명한 "소금"과 "빛"에 관한 예수의 비유를 만난다. (이 비유는「마가복음」9장 50절과「누가복음」14장 34~35절에도 나온다.) 평안도 출신으로 배재고보를 졸업한 선생님의 교육사상은 동양의『논어』와 서양의『성서』정신이 융합되어 있어서 전 지구적 보편성을 지녔으며, 더욱이 교장 선생님 작사, 나운영 선생이 작곡한 인중, 제고 교가를 보면 "희망", "사랑" 등 기독교적 주제를 강하게 느끼게 된다.

길 교장 선생님께 내가 항상 깊이 감사하는 것은 또 있다. 일찍이 지식의 보물창고이자 학교의 심장인 도서관의 중요성을 아신 선생님께서 1959년 인천중학교, 제물포고등학교에 세운 당시 동양 최대의 학교 도서관이다. 흰색의 지상 3층 단독건물이던 완전개가식의 이 도서관을 나는 영원히 잊을 수 없다. (제물포고등학교 2학년 때 나는 도서위원으로 교류 사업에 따라 당시 서울시 종로 화동에 있던 경기고등학교 도서관을 방문한 적이 있었는데 역사 깊은 좋은 고등학교였지만 우리 학교 도서관에는 훨씬 미치지 못했다.) 교과서 외에는 집에 책이 거의 없던 1960년대 초, 인천중학교 1학년 때 그곳에 들어가 서가에 가지런히 나열되어 있는 그 많은 책을 보고 나는 너무 놀라 이곳이 바로 천국이 아닌가 하는 생각마저 들었다.

그때부터 수업이 끝나면 도서관에 들러 닥치는 대로 책을 읽었는데 황홀한 순간들이었다. 중2 때부터 도서위원이 된 나는 당시 한국 제1호 사서교사 최근만 선생님으로부터 책과 도서관에 대해 많은 것을 배웠는데, 사서교사가 3분 더 계셨다. 봄학기에는 성균관대와 이화여대 도서관학과 대학생들이 실습을 나오기도 했다. 도서위원은 봉사 겸 아르바이트로, 책 관리와 책 대출하는 일을 했다. 제물포고 2학년 때는 방과 후 2층의 신문, 잡지실과 음악감상실을 맡아 디스크자키 노릇도 했다. 3학년 때는 18시간 개방하는 고3 전용 대입수험실을 맡아 밤 11시에 문을 닫고 새벽 5시에 열었다. 이 일은 자원봉사가 아니고 수업료 면제 장학금을 받았다.

책과 도서관 사랑은 대학 시절에도 계속되어 나는 시간이 날 때마다 당시 청계천 중고책방을 순례하였다. 그리고 미국과 영국에서 지낼 때도 도서관 애호증은 사라지지 않았다. 가장 인상적인 대학 도서관은 옥스퍼드대 보들리언 도서관과 1980년대 초 영국에 1년 연구교수로 있을 때 지냈던 리즈대학교 브라더턴 도서관이다. 미국에서 박사 논문을 쓰던 위스콘신(밀워키)대학교의 골다 메이어 도서관도 매우 훌륭했다. 후일 중앙대학교 재직 중 맡았던 보직 중 가장 명예스럽게 생각하는 것은 중앙도서관장이다. 지금도 나는 국립도서관과 중앙대 도서관에 다니며 책을 읽고 글을 쓰고 있는데, 길 교장 선생님께서 당시 어렵게 세운 인중, 제고 도서관의 모습을 자주 떠올린다.

도서관 말고도 인중, 제고 하면 기억에 남는 곳이 대강당이다. 성덕당(成德堂)이란 현판이 달려 있던 이 강당은 일제강점기였던 1935년 인천공립중학교 개교 때 지은 건물이다. 당시 중요한 행사들이 거행되던 강당 안쪽 양쪽 벽에는 "흐르는 땀이 나라를 일으킨다"는 뜻의 "유한흥국(流汗興國)" 현판과 "선을 행하는 것이 최고의 즐거움이다"라는 뜻의 "위선최락(爲善最樂)" 현판이 걸려 있었다. 이 큰 현판들은 모두 서예가 수준의 실력을 갖춘 길 교장 선생님이 직접 쓰신 것이다. 길교장 선생님의 "만초손(滿招損)" 족자가 우리 집 거실에 걸려 있다. 무엇이든지 넘치면 오히려 손해를 불러올 수 있으니 넘치기보다는 언제나 모든 면에서 부족한 듯 살아가고자 노력해야 하리라.

교장 선생님의 교육철학에 따라 당시 제고에는 독특한 제도들이 있었다. 우선 "3무(三無)"가 있었는데 첫째 무감독시험, 둘째 무규율부, 셋째 무운동부였다. 무감독시험(honor system)은 감독교사 없이 시험을 치르는 제도로, 선생님은 문제지만 나누어주고 퇴실하신다. 한때 낙제한 학생이 전통을 지키기 위해 부정행위를 포기한 영웅으로 대접받기도 했다. 교문 앞에 늘어선 규율부가 없었다. 일부 선수들만 키우는 엘리트 체육이 아니라 전교생이 어떤 운동이든지 할 수 있게 하는 게무운동부로, 나도 탁구와 농구를 좀 하였다. 이 밖에도 학생자치로 운동장에서 운영하는 전교생 월례조회가 있었고, 학생들 글만 싣는 교지『춘추(春秋)』가 있었으며, 신체 단련을 위해 송월동 홍예문을 지나송도까지 왕복하는 단축 마라톤 대회도 매년 전교생이 반드시 참석해야 했다.

이 밖에 나에게 중요한 것은 인중 때부터 참가한 영어 교과서 암송 대회였다. 길 교장 선생님은 외국어 교육은 무조건 문장을 통째로 암기하는 것이 최고 방법이라 믿으셨다. 나 역시 영어 교과서를 열심히 외워 교내 대회에 나가 상도 탔다. 중학교 입학할 때는 알파벳도 제대로 모르던 나는 영어 과목을 좋아하게 되었고 대학에서 영어를 전공하게 되었다. 그 후 미국에서 영문학 박사학위를 취득했고 40년 가까이 영어영문학 교수로 지냈다. 나는 길 교장 교육철학의 가장 큰 혜택을 받은 제자 중 한 사람이 아닐까 한다.

1900년에 태어난 교장 선생님은 이 세상을 사는 동안 조선의 개화기로부터 시작하여 일제강점기, 해방공간, 한국정부 수립, 6·25전쟁, 그리고 4·19와 5·16 등 격변기를 두루 거쳤다. 특히 1970~1980년대 말년은 산업화와 민주화를 통한 압축 근대화로 대전환기였다. 이런 궁핍한 시대와 고단한 역사를 정면으로 맞서 교육입국의 일념으로 사신 교장 선생님은 그런 시기에 필요한 영웅적 삶과 교육사상을 통해 오늘날 어느 사람도 흉내 낼 수 없는 거대한 발자취를 남기셨다. 요즘같이 개인 중심적이며 소시민적 이기주의가 팽배하여 타인 배려나 약자 사랑이 부족한 시대에 가장 필요한 것은 윤리적 상상력이다. 해방 75년, 분단 75년을 맞는 21세기 우리 시대에 교장 선생님이 더욱 그리워지는 것은 공공 이익과 민족 발전을 우선시하는 "공적 지식인"을 키워내야 한다고 강조하셨기 때문이다. 자신의 교육철학에 강한 신념을

가지셔서 "돌대가리[石頭]"라는 별명까지 얻으신 교장 선생님을 진정
으로 추모하는 길은 우리 시대와 사회에 선생님의 교육사상과 삶의 철
학을 되살려 실천하고 가르치는 것이리라.

　"작업복의 성자" 길영희 교장 선생님! 나의 영원한 스승 길 교장 선
생님! 언제나 그립습니다!

기적을 만드는 사람

나는 눈과 귀와 혀를 빼앗겼지만, 내 영혼을 잃지 않았기에,
그 모든 것을 가진 것이나 마찬가지입니다.

― 헬렌 켈러

쉽고 편안한 환경에선 강한 인간이 만들어지지 않는다.
시련과 고통을 통해서만 강한 영혼이 탄생하고,
통찰력이 생기고 일에 대해 영감이 떠오르며, 마침내 성공할 수 있다.

― 헬렌 켈러

2005년 7월 30일 토요일,

이날은 어린 시절부터 나의 정신적 영웅이던 헬렌 켈러(1880~1968)의 생가를 방문한 날로, 실로 거의 45년 만에 꿈이 이루어지는 순간이었다. 헬렌 켈러의 자서전 『나의 삶 이야기』를 처음 읽은 1960년대 초반 중학생 때부터 나는 그의 생가를 꼭 방문하고 싶었다. 잠시 머무른 테네시주 내슈빌 큰딸 집에서 고속도로 I-65를 타고 세 시간 정도 남서쪽으로 달리니 앨라배마주에 헬렌 켈러의 생가가 있는 작고 아담한 도시 터스컴비아가 나타났다. 헬렌 켈러가 태어나고 공부하고 싸우던

작은 저택(지금은 박물관)과 그 주변을 둘러보면서 어릴 적 느꼈던 감동이 다시금 솟아오르는 것 같았다. 특히 그 유명한 수도 펌프가 뒷마당에 아직도 그대로 남아 있었다. 헬렌은 펌프에서 쏟아져 나오는 액체(물, WATER)를 통해 말과 사물의 관계를 처음으로 알게 된다. 사물과 언어의 신비스러운 자의적(恣意的) 관계를 처음으로 인식한 "언어적 대전환"의 기적 같은 순간이었다. 생가 방문을 마치고 돌아오는 길에 서쪽 하늘 아래 걸려 있는 붉은 석양처럼 인간과 사회에 대한 헬렌의 뜨거운 사랑과 열정은 내 삶의 화로에서 영원히 꺼지지 않는 숯덩이로 아직도 나의 머리 위와 마음속에서 타고 있음을 느낀다. (나는 미국에서 공부할 때 큰딸의 미국 이름을 "헬렌"으로 지어주었다.)

헬렌 켈러는 태어나서 19개월이 지나 열병에 걸려 순식간에 듣지도, 보지도, 말하지도 못하는 끔찍한 삼중고(三重苦)의 장애가 생겨 어린 헬렌은 완전한 암흑 속에 갇혀버렸다. 깊은 절망, 좌절, 분노에 빠졌고 거칠고 사나운 아이가 되었다. 그러다가 일곱 살 되던 해 A.M. 설리번이라는 개인 교사가 왔고, 헬렌은 사랑과 헌신으로 무장한 설리번 선생님과 함께 새로운 삶을 만들어 갔다. "나는 넘어지고 다시 서고 (…) 걷고 조금씩 더 높이 올라가 넓은 지평선을 보기 시작한다. 모든 투쟁은 승리가 된다."고 생각한 헬렌은 점자(點字)를 배우고 선생님의 말하는 입술을 만지면서 의사소통하는 법도 배웠다.

헬렌은 학교에서 수학·물리·역사·문학 등 전 과목을 열심히 배웠다. 특히 그는 언어적 능력에 탁월함을 보였고 외국어를 익혔다.

시각장애인이자 언어장애인인 헬렌은 드디어 미국 역사상 처음으로 1900년 미국 동부의 명문인 래드클리프대학에 입학하여 우등으로 졸업했다. 이 모든 것은 앤 설리번 선생님이 있었기에 가능했다. 설리번 없는 헬렌은 상상할 수가 없다. 설리번에게 매료되어 나 자신도 후일 교육자를 양성하는 사범대학에 진학하는 데 적지 않은 영향을 받았다.

가난하고 고단한 어린 시절을 보낸 나는 좌절과 불만에 빠져 있었다. 중학교 시절에는 학과 공부보다 책을 읽고 몽상에 빠지기를 좋아했는데, 그것은 일종의 현실도피였다. 중학교 3학년 때 완전개가식 학교 도서관에서 이 책 저 책 뽑아서 읽다가 우연히 헬렌 켈러의 자서전 『내 삶의 이야기』(1903)를 번역본으로 읽게 되었다. 헬렌 켈러의 삶의 이야기를 읽고 나는 충격을 받았다. 도대체 듣지도, 보지도, 말하지도 못하는 중증 장애아가 자기 연민이나 좌절에 쉽게 빠지지 않고 어떻게 그렇게 당당하고 멋지게 성장할 수 있단 말인가? 헬렌에 비교하면 완전히 정상적인 나 자신이 부끄러웠고 비겁하다는 생각까지 들었다.

3학년 2학기에 마침 경기도 중·고등학교 독후감 대회가 있었다. 나는 용기를 내어 헬렌 켈러 자서전 감상문을 써서 보냈다. 200자 원고지 3, 40장 정도 쓴 것 같은데, 뜻밖에도 최우수상을 받았다. 영화의 제목이기도 한 "기적을 만드는 사람(miracle worker)"인 헬렌 켈러의 자서전을 읽은 감동으로 쓴 글이라서 더 기뻤다. 거기서 가장 감동적인 장면은 역시 헬렌이 설리번 선생의 도움으로 사물과 단어의 관계를 깨

닿는 그 유명한 장면이었다. 설리번 선생은 선물로 가져온 인형을 손
으로 만지게 하면서 d-o-l-l을 써주었다. 결정적 사건은 뒷마당에 있
는 수도 펌프를 틀어 물이 콸콸 쏟아져 나올 때 w-a-t-e-r을 손바닥
에 써주는 연상방식을 사용할 때였다.

> 우리는 우물을 뒤덮은 인동덩굴 향기에 이끌려 오솔길을 따라 내
> 려갔다. 누군가 물을 끌어 올리고 있었고 선생님은 물이 뿜어져 나오
> 는 꼭지 아래 내 손을 갖다 대셨다. 차가운 물줄기가 나의 한쪽 손 위
> 로 쏟아져 흐르는 동안 선생님은 나의 다른 쪽 손에 처음에는 천천
> 히, 두 번째는 빠르게 '물'이라고 쓰셨다. 나는 선생님의 손가락이 움
> 직이는 것에 온 정신을 집중한 채 가만히 서 있었다. 잊고 있던 무언
> 가가 갑자기 희미하게 떠오르는 것을 느꼈다. 생각이 되돌아오는 감
> 격에 전율이 일었다. 언어의 신비가 내 앞에서 베일을 벗는 순간이었
> 다. 그제야 나는 '물'이 내 손 위로 흘러내리는 그 차갑고 놀라운 물질
> 을 뜻한다는 것을 알았다. 그 살아 있는 단어가 내 영혼을 깨우고 내
> 영혼에 빛과 희망과 즐거움을 안겨주었다. 내 영혼이 드디어 자유를
> 얻은 것이다! 사실 장애물이 여전히 남아 있었지만 그것들은 시간이
> 흐르면 자연히 사라질 터였다.
>
> ─『헬렌 켈러 자서전』(김명신 옮김)

언어는 존재의 감옥이라는데 헬렌은 이때 일단 감옥을 탈주하여 자
유인이 되었다.

이 밖에 아직도 기억에 남는 켈러 여사의 말을 몇 마디 찾아서 적어
본다.

세상이 비록 고통으로 가득 찼더라도 그것을 극복하는 힘도 가득
하다.

당신이 정말로 불행할 때, 세상에는 당신이 해야 할 일이 있다는
것을 믿어라.

타인의 고통을 덜어줄 수 있는 한, 그 삶은 헛되지 않다.

인간의 성격은 편안한 생활 속에서는 발전할 수 없다. 시련과 고통
을 통해서 인간 정신은 단련되고 또한 어떤 일을 똑똑히 판단할 힘이
길러지며 더욱 큰 야망을 품고 그것을 성공시킬 수 있다.

자기연민은 최대의 적이며, 거기에 굴복하면 이 세상에서 현명한
일은 아무 것도 할 수 없다.

희망은 인간을 성공으로 인도하는 신앙이다. 희망이 없으면 아무
것도 이룰 수 없다.

그 후 나는 좀 더 명랑하고 학교 공부도 열심히 하는 정상적 아이가
되려고 노력했다. 어렵고 힘들고 좌절이 있을 때마다 헬렌을 생각하
고 용기와 지혜를 얻었다. 헬렌은 대학 졸업 후 활발한 사회 · 정치 활
동을 하였다. 자신과 종교와 사회 개혁에 관한 책들도 집필하였고, 주
변부 타자이고 장애인인 맹농아 교육과 복지 그리고 여성과 흑인들을
위한 사회보장제도의 개선을 위해 미국 전역을 돌며 순회강연도 하였

다. 헬렌 켈러는 당대 유명한 인사들을 많이 만났다. 클리블랜드 대통령에서 케네디 대통령까지 모든 대통령을 만났다. 이 밖에도 전화를 발명한 알렉산더 그레이엄과 친구로 가까이 지냈고, 세계적인 코미디언 찰리 채플린, 소설가 마크 트웨인도 친구였다. 당시 미국의 천민자본주의에 대항하여 차별받는 극빈 노동자들을 위해 사회주의자가 되기도 하였다.

헬렌 켈러는 1937년 7월, 6박 7일 일정으로 일제강점기의 조선을 방문하였다. 부산, 경성, 평양을 차례로 방문하였을 때 수많은 인파가 몰려와, 특히 평양역에는 500명 인파가 환영했고 숭실대 강연에는 3,000여 명이 몰렸다고 한다. 켈러 여사의 조선 방문으로 당시 총독부는 장애인 실태를 조사하는 등 장애인 교육과 복지에 큰 관심을 보였다고 한다. 조선 방문 후 "평생 조선을 잊지 못할 거예요"라고 말한 켈러는 해방 후 1948년 한국을 다시 방문할 예정이었으나 비서 톰슨이 갑작스럽게 병이 들어 취소되었다.

대학에 입학한 후 나는 독실한 기독교 신자였던 헬렌 켈러에 관심을 가지고 그의 영적 자서전 『나의 종교』(1927)를 읽어보았다. 특히 18세기 스웨덴의 과학자이며 영성주의자 에마누엘 스베덴보리의 영향을 많이 받은 헬렌 켈러는 정통 개신교 교리와는 조금 다른 신비주의적 영성을 강조하여 삼위일체론, 예수의 부활, 최후의 심판 등에 대해 새로운 해석을 하였다. 나는 켈러의 기독교 사상을 따르는 것은 아니지만 내가 계속 기독교 신앙을 유지하는 것도 헬렌 켈러의 신실한 믿음의 영향도 있었다. 켈러의 사회·정치 사상에 대해 별로 읽은 것은 없지만 그는 아동노동 반대, 여성 참정권, 사형 폐지, 인종 차별 반대 등 진보주의적 사회주의 운동을 열심히 했던 게 확실하다.

헬렌 켈러가 35세에 쓴 유명한 수필 「사흘만 볼 수 있다면(Three Days To See)」은 내가 대학 강사 시절인 1970년대 중반 많은 대학 교양영어 교재에 실렸다. 헬렌은 첫째 날에는 자신에게 소중한 사람들의 얼굴을 보고 싶다고 말한다. 앤 설리번 선생님의 얼굴, 사랑하는 친구들, 반려 개, 숲들을 보고 싶다고 했다. 둘째 날에는 새벽에 밤이 아침(낮)으로 바뀌는 모습을 보고 박물관, 미술관의 위대한 예술품을 직접 눈으로 보고 저녁에는 연극과 영화를 보며 관객들과 함께 기쁨과 슬픔을 나누고 싶다고 했다. 마지막 3일째는 뉴욕 거리로 나가 도시의 보통 사람들이 보내는 평범한 일상생활을 보고 싶다고 했다. 강 위의 배, 고층 빌딩, 상점 등을 보고 싶어 했다. 기적을 보고 난 3일 후에 켈러는 깊은 감사의 마음으로 다시 어둠 속으로 돌아가겠다고 말한다. 이 글은 별다른 내용이 없는 것처럼 보이지만 장애인이 아닌 정상인들이 평범한 일상생활의 수많은 기적을 알아차리지 못하고 있음을 안타까워한다. 우리는 일상에서 보고 듣고 느끼고 맛보고 만지는 것이 얼마나 기적이며 축복인지 모르고 지내는 게 아닐까?

만일 매우 어려운 상황에 있었던 나의 중학교 시절에 1999년 『타임』 지가 20세기 100대 인물로 선정한 헬렌 켈러를 만나지 못했다면 어떠했을까를 생각해본다. 그토록 처절한 한계상황에 부닥쳤는데도 눈부

시도록 치열하게 살아낸 켈러 여사의 고통과 슬픔이 어린 나에게 동병
상련의 공감과 위로를 주었다. 사춘기 시절 나의 고통스럽던 상황을
희망을 품고 지혜롭게 극복하게 해준 헬렌 켈러는 나에게는 진정으로
"기적을 만드는 사람"이었다!

비엔나에서 만난 이합 핫산

포스트모더니즘 현상은 서구문화 전반에 걸쳐 확산하고 있다. 이것은 지난 50여 년간 후기산업사회에서 일어난 내면적 변화를 보여준다. 그러나 이런 변화는 서구에만 국한되는 국부적이거나 내면적 현상에 그치는 것이 아니라 전 세계에 영향을 미치는 범세계적 현상이다. 그러므로 좀 더 넓은 견지에서 보면 포스트모더니즘은 인간성이 그 역사의 새로운 국면으로 접어들게 됨에 따라 세계 모든 국가가 현재 경험하고 있는 긴장을 표현해주는 것이기도 하다. 이런 새로운 국면 속에서 세계화와 재부족화, 통합과 분산, 전체주의와 테러의 이중적 과정이 우리 지구를 지배하고 있다. 이것은 "하나와 여럿"이라는 아주 오래된 문제로 소크라테스 이전부터 철학자들이 이미 논쟁을 벌였던 것이며 지금은 새로운 전달 매체와 기술혁신으로 퍼지고 점증적으로 국가 간 상호작용과 상호의존이 증가함에 따라 더욱더 강화되어 전 세계적으로 우리에게 엄습해오는 문제가 되었다.

— 이합 핫산, 「한국어판에 붙이는 원저자 서문」,
『포스트모더니즘』(1984)

1984년 4월 28일 토요일 오후 오스트리아 비엔나, 미국 대학원 강의실에서 만났던 오스트리아 친구가 경영하는 화랑에서 핫산 교수 부

부를 만났다. 당시 그들은 터키 이스탄불과 네덜란드 암스테르담에서
열리는 포스트모더니즘에 관한 국제 심포지엄에 초빙 강사로 가는 길
이었다. 근처 찻집으로 자리를 옮긴 후 나는 핫산 교수에게 물었다.

　—포스트모더니즘이 터키 같은 나라에서도 관심의 대상이 되는지
요. 포스트모더니즘이 벌써 그렇게까지 전 세계적으로 널리 논의되고
있는지요?

　—물론, 아니 포스트모더니즘에 관한 논의는 벌써 과거지사로 돌아
가는 느낌이 들 정도입니다.

　나는 호텔에 돌아와서야 핫산이 다른 책에서 한 말을 상기해낼 수
있었다. 사실 문학에서 혁신 문제에 처음부터 관심을 가졌던 그가
1961년 전후 미국 소설에 관한 저서『기본적인 순수성』을 펴내고 1967
년 세상에 나온『침묵의 문학』과『오르페우스의 사지 절단』(1971)에서
문학과 예술에서 일어나고 있는 침묵 문제를 다룰 때 사람들은 놀라
고 실망하고 경탄하기도 했다. 이제 그런 주제는 완전히 안전할 뿐만
아니라 오히려 낡은 것이 되어버린 느낌이다. 최근 들어『파라 비평』
(1975),『올바른 프로메테우스의 불』(1980),『혁신과 쇄신』(1983) 등의 저
서를 통해 문체 형식과 주제 면에서 혁신적으로 문학, 비평, 문화 현상
에 접근했을 때 사람들은 소란스럽게 굴었는데 그것이 이제는 오히려
과거지사로 여겨지다니! 이 말은 핫산 이후 수많은 문학비평가, 문화
이론가들이 여러 갈래의 이론들을 들고나와 백가쟁명의 경지에 다다
름을 의미하는지도 모른다. 아니면 핫산 자신은 포스트모더니즘에 대

한 치열한 이론 전개와 구축을 잠시 중단한 채(?) 요즈음은 파라(para)적 자서전을 쓰기 시작해 일부를 내놓았고, 특히 미국 문학 이론에 관한 새로운 저서를 준비하고 있기 때문인지도 모른다.

방백 : 거대하고 사랑스러운 도시, 그리운 서울을 꿈꾼다. 18세기 영국 시인 새뮤얼 존슨의 표현을 빌리면—그에게는 물론 또 다른 경이의 도시 런던이었겠지만—"서울에 싫증을 느낀 자는 삶에 권태를 느낀 자이다." 얼마나 무한하고 다양한 가능성의 도시인가? 강과 산들이 조화를 이룬 유서 깊은 놀라운 도시! 은유와 풍자, 애수와 환희, 자랑과 조롱의 도시…… 문득 시인 김해경이 떠오른다. 그와 함께 서울거리를 걷는 몽상에 잠겨본다.

─이상(李箱)과 이상(理想)과 이상(異狀)?
─그를 타작(打作)하면 어떻게 될까?
─아방가르드, 나아가 (포스트)모더니즘의 싱싱한 비늘 껍질이 떨어지는 것은 아닐까?
─(자랑스럽고 진기한 한국인, 전위 비디오 예술가 백남준은 서울에 무엇을 흘리고 떠났을까?)

우리 한국 현대사회, 문화, 예술 및 문학에서의 변화란 어떻게 일어나는 것일까? 무질서와 혼란에 대해 명민한 감식력을 지닌 놀라운 이집트계 미국인 이합 핫산에게 다시 한번 의존해보자. 적어도 우리는 몇 가지 선견지명과 때늦은 지혜, 내적 통찰력과 외계 지각력, 거시적 인식력과 미시적 관찰력을 얻을 수 있으리라.

• 변화는 존재한다. 그것은 물리적 우주—폭발하는 큰 별, 지질학적 변화, 광합성, 무작위 돌연변이—뿐 아니라 인간 세계에도 영향을 미친다. 정말로 변화에 대한 우리의 인식은 우리 자신들과 우주에 대한 지식과 더불어 확산한다.

• 인간 세계에서 변화는—순수한 우연의 기능뿐만 아니라—상상력과 욕망, 은유와 가치, 순수 이성적 구조와 정서적 관심의 기능을 수행하는 듯하다.

• 다시 인간 세계에서 변화에 대한 인식은 언어에 의존하며 하나의 분명한 해석학적 차원을 지니게 된다. 또는 니체가 말한 바와 같이 모든 변화란 이미 하나의 해석이다.

• 변화의 가장 강력한 작인은 물질적 실재에 작용하는 동안에도 그 자체에 작용하는 정신이다. 즉 그것은 자기 변모 조직으로 인공 두뇌학적이며 지식과 문화를 통해—더 좋게든 나쁘게든—변형시키는 자연 능력 속에 표면적으로 구성되어 있다.

• 변형의 보편적인 어떤 양식도 모든 인간 노력에 적용되지 않는다. 왜냐하면, 어떤 변화는 순환주기적이고 어떤 것은 직선적이며, 여기서는 변증법적이고 저기서는 극적이며, 한 종류는 친자관계적이고

다른 것은 양자관계적이기 때문이다.

• 그러므로 변화란―모던한 것이든, 포스트모던한 것이든, 혁신적이든, 쇄신적이든 간에―언제나 지적으로 단순하지 않다. 붙잡기 어렵고, 모호하고, 완전히 불확실해서 우리가 만든 도식들을 거부할 뿐 아니라 놀라움이나 추측으로 그리고 아마도 궁극적으로는 소멸의 소문으로 표시된다.

• 변화란 언제나 자유와 통제 모두를 환기하기 때문에 도덕적으로 무기력하거나 정치적으로 중립적이지 않다. 우리 모두 사적으로나 공적으로 변화의 대가를 지급하는 것은 불가피하다.

장면 : 밀워키에서 박사과정을 마치고 서울에서 1년, 영국 리즈에서 1년을 체재한 후 꼭 2년 만에 다시 이곳으로 왔다. 밀워키는 깨끗하고 단아하나 조금은 차가운 도시다. 핫산 교수 부부를 다시 만난다. 바다 같은 미시간 호수가 내려다보이는 그의 정원에서 나의 두 딸 혜연, 혜진과 모두와 공 굴리기를 한다. 이제 우리는 포스트모더니즘 얘기는 하지 않는다. 우리는 최근 그가 쓰고 있는 상상적인, 파라적인 자서전 얘기를 한다. 집으로 돌아와 밤늦게까지 『케년 리뷰』지에 실린 그의 자서전 일부를 읽고 깊은 사색에 잠긴다.

• 휴머니스트들이 다시 꿈꾸는 것을 배울 수 있을까? 꿈꾸다 깨어나서 문화와 욕망, 언어와 권력, 역사와 희망 사이를 활발하게 중재할

수 있을까?

• 어떤 보이지 않는 벌레들처럼 식민지 경험은 지나간 잘못들과 부족한 것들을 교정하려는 모든 것에 몰두한다. 자기 혐오, 자기 의심이 그들의 오장 육부 속에서 뒤틀리고 잘못된 자부심과 함께 질투심이 소용돌이친다. ……이렇게 해서 식민지 콤플렉스 원리가 생겨난다. 자신을 위안하는 차이점만을 격찬하고 다른 차이는 비난하거나 무시해버린다. ……이러한 도전은—아마도 도전이라기보다는 위안에 더 가까운—어떤 역사적 편집광 증세를 피할 수 없다.

• 나에 대해 말한다면 자부심이나 고통—식민주의 유산이 그렇게 많은 사람을 반신불수로 만드는 것을 보는 고통—에서 벗어나 일찍이 나 자신 속에 식민지 콤플렉스가 자리할 수 없도록 마음먹었다. 그런 결심이 나의 연민의 정을 축소하고 공감의 신경을 무디게 만든 것은 아닐까?

몽상 : 나 자신을 정신 분석해본다. 무엇 때문에 나는 이역에서 벌써 몇 년째 방황(?)하고 있을까? 한국인으로 이곳에서 영문학을 연구하고 영어를 가르치는 나는 앞으로 무엇이 될 것인가? 영문학 논문을 쓰고 글을 쓰고 번역하는 일 등이 나에게 어떤 의미를 주는 것일까? 주체적 한국인이 되기 위해 양학(洋學)을 한다고 말한다면 궤변일까? (누군가 진실로 민족적인 것이 가장 세계적인 것이라고 했던가.) 핫산 교수를 다시 한번 되새김질해본다. 이집트인으로 세계적 학자가 되어 미

국에서 사는 그에게 조국 이집트는 어떤 의미일까? 2차 대전 중 유대
인인 에리히 아우어바흐는 터키 이스탄불로 피해 와서 거작 『미메시
스』를 썼고, 이 밖에 헝가리인으로 프랑스에서 활동하는 츠베탕 토도
로프, 팔레스타인 출신으로 미국에서 활동하는 에드워드 사이드는 외
국(유배?) 생활―잠시든 영원이든―의 실행적 가치를 어떻게 승화, 활
용하는 것일까? 생빅토르의 위고에 의하면, 유약한 사람은 세상에
서 한 곳만을 좋아하고 강한 자는 어느 곳이나 좋아하며 완벽한 사람
은 세계 어느 곳이든지 타향처럼 느낀다. 나는 이 중 어느 편에 속할
까? 이른바 지역 정신(spirit of place)에 집착하는 나는 아무래도 유약한
자이리라. 조국의 혼을 상실한다면 본질적이고 독창적인 일은 도저
히 못 할 것 같으니 말이다. ―솔직히 말하건대 이것이 최근에 내가 얻
은 증후다. ―방랑 시인 김삿갓으로 알려진 천재 김병연은 근 40년간
출렁이고 굽이치는 조국 산천을 돌아보며 무슨 생각을 했을까? 한(恨)
의 현상학을 극복하고 영혼의 진정한 원초적 에너지를 발견하였을까?
(아, 편집 증세와 분열 증세 사이를 오락가락하는 나의 내면에서 위험하나 아
름다운 균형을 잡아주는 그대 조국의 얼이여!)

그러나 다음의 평행선적 자극과 충동은 최근에 내가 얻은 편집중
적 분열 증세다. 낮에는 영원한 외국어 영어와 싸우고 밤에는 모국어
한글을 부둥켜안고 애무를 벌이며 (주중에는 미국 학생들 영어 가르치며
무감각해 있고 주말에는 교포 2세들 한글 가르치며 즐거워하고 보람(?) 느끼
고), 템스강과 센강을 바라보며 한강을 그리워하고, 미국 중서부 평원

의 프리웨이를 달리며 영동고속도로를 떠올리고, 워즈워스를 읽으며
윤선도를 상기하고, 존 로크를 읽으며 퇴계를 생각하고, 니체를 읽으
며 장자를 갈구하고, 마이클 잭슨을 들으며 조용필 카세트를 틀고, 도
리스 레싱을 읽으며 박경리 소설이 다시 읽고 싶고⋯⋯ 이것은 단순한
향수병에서 오는 착란적 신기루 현상일까? 아니면 제3세계에서 온 한
지식인의 내면적 · 본질적 변모의 시작일까? 시작 속에 이미 종말이
있는 것일까?

⋯⋯기다란 겨울잠에 빠진다.
이제 겨울이니 봄도 멀지 않으리!

겨울 한가운데 몹시 추운 날 밀워키에서

1985년 2월

도산, 춘원, 그리고 금아

거센 풍우에 깎이고 깎여도 엄연히 진실을 지키신 도산, 앞으로 몇 백 년, 몇천 년 이 나라의 젊은이들은 당신을 바라보고 인내와 용기, 진실을 배울 것입니다.

— 피천득, 「도산 선생께」

그는 산을 좋아하였다. 여생을 산에서 보내셨더라면 얼마나 좋았을까. 그는 아깝게도 크나큰 과오를 범하였었다. 1937년 감옥에서 세상을 떠났더라면 얼마나 다행한 일이었을까.

지금 와서 그런 말은 해서 무엇하리. 그의 인간미, 그의 문학적 업적만을 길이 찬양하기로 하자. 그가 나에게 준 많은 편지들을 나는 잃어버렸다.

— 피천득, 「춘원(春園)」

인간이란 동물은 모든 것을 이야기로 만들지 않고는 못 배기는 "서사충동"이 있다. 그래서 사람은 "이야기하는 인간(homo narrans)"으로 정의 내릴 수 있다. 우리가 쓰고 짓는 모든 글은 본질적으로 이야기 구조를 가진다. 인간 세상은 신화·전설·민담·옛날이야기·동화·도덕 등 무수한 이야기들로 가득 차 있다. 이 수많은 이야기는 새로 만들어낸 것이 아니다. 이미 있었던 이야기를 다시 쓰고 새로 만들기를 통해 끊임없이 차이를 드러내며 반복된다. 이런 의미에서 이야기는 언제나 새롭게 태어난다. 오늘 나의 이야기도 그중 하나로 이야기의 이야기다. 최근 수년간 나는 현대 한국사에서 특히 도산 안창호(1879~1938)라는 인물의 이야기에 깊은 감동과 흥미를 느끼고 있다.

물론 어느 날 갑자기 도산 선생을 알게 된 것은 아니지만 직접적 계기는 시인이며 수필가인 금아 피천득(1910~2007)의 도산에 관한 수필을 읽으면서다. 도산을 직접 만날 수 있으리라는 기대로 상하이로 유학을 간 피천득은 결코 환멸을 느끼지 않은 경험이 도산을 처음 만났을 때와 금강산을 처음 바라보았을 때라고 말했다. 그렇다면 피천득 자신이 직접 도산 선생에게 다가갔을까. 아니, 두 사람 사이에 춘원 이광수(1892~1950)가 있었다. 나의 도산 이야기 시작은 피천득을 통하지만, 피천득은 이광수가 스승으로 여기고 따랐던 도산의 이야기에 매료됐다. 일단 피천득 선생의 도산 이야기를 먼저 들어보자.

내 감히 도산을 스승이라 추모할 수 있을까 한다. 나에게 지식을 가르쳐 주신 분은 많다. 그리고 그중에는 나에게 반사적 광영(反射的 光榮)을 갖게 하는 이름들도 있다. 그러나 높은 인격을 나에게 보여 주신 분은 도산 선생이시다. …
도산은 혁명가요 민족적 지도자이기 전에 인간으로서 높은 존재였다. 그는 위대하다는 사람들이 가지고 있는 이상스러운 데가 하나도 없었다. 거짓말이나 권모술수를 쓰지 않았다. 만약에 그런 것들이 정치에 꼭 필요하다면 그분은 전혀 정치할 자격이 없는 분이었다.…

그는 가난한 생활을 하였으나 청초하였다. 그는 세밀한 분으로 꽃나무 하나 사시는 데도 검토를 하셨다. 큰일을 하는 분은 대범하다는 말은 둔한 머리의 소유자가 뱃심으로 해 나간다는 말이다. 지도자일수록 과학적 정확성과 예술적 정서를 가져야 한다.…

내가 병이 나서 누워 있을 때 선생은 나를 실어다 상해 요양원에 입원시키고, 겨울 아침 일찍이 문병을 오시고는 했다. 그런데 나는 선생님 장례에도 참례치 못하였다. 일경(日警)의 감시가 무서웠던 것이다. 예수를 모른다고 한 베드로보다도 부끄러운 일이다.

— 피천득, 「도산(島山)」

10세 이전에 부모를 모두 여의고 고아로 자란 금아 선생은 중 · 고등학교 시절에 3년 가까이 춘원 집에서 지내면서 영어와 문학을 처음으로 배웠다. 이때 피천득은 이광수를 통해 1920년대 당시 국제도시였던 상하이에서 독립운동을 하던 안창호 선생 이야기를 들었다. 춘원은 1919년 3 · 1 운동 후 상하이로 망명해 도산 밑에서 대한민국 임시정부 일을 돕다가 귀국한 후 도산 선생을 깊이 존경해 흥사단의 국내 조직인 수양동우회 활동을 하고 있었다. 이렇게 해서 피천득–이광수–안창호 이야기의 계보가 드러난다.

피천득은 "나는 과거에 도산 선생을 위시하여 학덕이 높은 스승을 모실 수 있는 행운을 가졌었다. 그러나 같이 생활한 시간으로나 정으로나 춘원과 가장 인연이 깊다"라고 말할 정도로 춘원에게서 인생과 문학의 큰 영향을 받았다. 이번에는 피천득 선생의 춘원 이야기를 길지만 들어보자.

　그는 나에게 워즈워스의 「수선화」로 시작하여 수많은 영시를 가르쳐 주었고, 도연명의 「귀거래사」를 읽게 하였고, 나에게 인도주의 사상과 애국심도 불어넣었다.

　춘원은 마음이 착한 사람이다. 그는 남을 미워하지 못하는 사람이다. 남을 모략중상은 물론 하지 못하고, 남을 나쁘게 말하는 일이 없었다. 언제나 남의 좋은 점을 먼저 보며, 그는 남을 칭찬하는 기쁨을 즐기었다.…

　그는 정직하였다. 그를 가리켜 위선자라 말한 사람도 있으나, 그에게는 허위가 없었다. 그는 어린아이와 같이 순진하였다. 누가 자기를 칭찬하면 대단히 좋아하였다. 소년 시대부터 그의 명성은 누구보다도 높았지만, 그는 교태가 없었다. 나는 3년 이상이나 한집에 살면서도 거만하거나 텃세를 부리는 것을 본 일이 없다. 자기의 지식이나 재주를 자인하면서도 덕이 부족하다고 느끼며, 높은 인격에 비하면 재주라는 것은 대수롭지 않은 것이라고 하였다.

　　　　　　　　　　　　　　　　　── 피천득, 「춘원(春園)」

이 세 사람의 인연은 기이하게도 오늘의 나에게도 이어졌다. 수년

전 나는 우리나라 근대문학의 건설자인 춘원의 전집을 사서 읽기 시작했고, 춘원 연구학회에서 논문 발표도 하여 학회 고문으로도 추대되었다. 춘원이 1921년 발표한 「민족 개조론」은 결국 도산 선생의 민족 운동 사상을 공감하여 쓴 글이다. 춘원은 1923년 도산을 모델로 「선도자」란 소설을 썼고 후에 『도산 안창호』란 전기도 집필한 바 있다. 나는 매년 9월 서울에서 개최되는 춘원 연구학회에 참석하고 있다. 학회에는 현재 미국에 거주하고 있는 춘원의 막내 따님 이정화 박사가 참석한다. (그는 고등학교 재학시인 1955년 출간한 『아버님 춘원』으로 유명하다.) 나는 해방 직전부터 춘원이 농사를 지으며 살았던 사릉 집과 그의 유적비가 서 있는 양주 봉선사도 방문했다.

요즘도 시간 나면 3년 전 헌책방에서 사들인 10권짜리 이광수 전집(삼중당)을 뒤적이며 춘원의 시, 수필, 논설, 소설을 읽는다. 말년의 친일 행적으로 문필가로서, 사상가로서 춘원의 전 업적이 제대로 평가되지 못함은 너무 안타까운 일이다. 나는 시대를 초월해 보편에 이르는 시각으로 다시 읽어보고 싶다.

도산 안창호 선생은 1913년 미국 샌프란시스코에서 국내외 조선 민족의 새로운 독립국가 건설을 위한 "무실역행(務實力行)"을 목표로 흥사단(興士團)을 창립하였다. 안창호 선생은 교육을 많이 받았거나 저술을 별도로 남긴 분은 아니지만 나는 시인 주요한이 집대성한 천 쪽이 넘는 『안도산 전서』를 가끔 읽으며 선생을 알아가고자 노력한다.

좀 더 일찍이 안창호 선생을 알게 됐거나 흥사단 단원이 됐더라면 나의 인생 방향이 많이 달라졌을 수 있다고 느꼈다. 2011년 7월 한여름 로스앤젤레스를 방문하였을 때 나는 도산의 흔적을 찾아 LA 이곳저곳을 서성거렸고 그런 다음 LA 남동쪽 자동차로 1시간 30분 거리에 있는 도시 리버사이드까지 갔다. 그 도시 시청 광장에 도산 동상이 서 있다는 소문을 들었기 때문이다. 과연 기다란 리버사이드 시청 광장의, 시청 건물에서 가장 가까운 곳에 도산 선생이 서 있었다. 그곳에서 20미터 떨어진 곳에 1960년대 미국 흑인 민권운동가 마틴 루터 킹 목사의 동상이 서 있었고, 그곳에서 다시 비슷한 거리를 가면 인도 독립의 아버지 마하트마 간디의 동상이 서 있었다. 이 세 사람의 동상은 일렬로 배치돼 있다. 이곳 시민들은 왜 이 세 사람을 광장 한자리에 모아 놓았을까. 도산, 킹 목사, 간디는 억압받은 자들의 해방과 권리를 위해 기꺼이 목숨을 바친 민중의 지도자들이 아니었던가.

지천명(知天命)의 나이도 지나 이순(耳順)에 이르는 시기에 운 좋게 만난 안창호-이광수-피천득의 이야기를 나는 아주 사적인 방식으로 전유하고 싶다. 짧은 독서지만 이 세 사람을 관통하는 정신은 사랑과 정(情)이라고 생각한다. 이 세 사람 이야기를 21세기를 살아가는 우리에게 맞추어 계속 이야기하고 싶다. 이들의 이야기는 결코 소멸하거나 시들지 않을 것이다. 이들의 이야기가 새롭게 부활하여 끊임없이 계속될 수 있도록 나는 기록을 남기고도 싶다. 세상에는 기쁘고 즐길 일보다 참고 견디어야 할 일들이 더 많다고 하는데, 고단한 삶과 척박한 시대 한가운데서 지금보다 조금이라도 더 좋은 세상을 만들어가는 이야기는 어떤 것일까.

　껍질을 벗지 못하는 뱀은 죽는다는 말이 있다. 우리 인간도 필요할 때 낡은 옷을 벗어 던지고 새로운 옷으로 갈아입어야 한다. 나이가 들어가면서 한층 더 나날이 새롭게 될 필요성이 커진다. 굳은살이 박이는 노년에 새살이 계속 돋아나게 하는 방법은 없을까. 금아 피천득 선생과의 인연으로 새로 만난 도산 안창호와 춘원 이광수의 이야기를 통해 나의 인생 제2막에 어떤 이야기가 만들어질까. 고목에 아름다운 꽃을 피울 수 있을까. 우리 시대를 위해 변형시킨 나의 이야기 속에서 사랑과 정의 파수꾼들이던 이들의 이야기가 영원히 살아남는다면 얼마나 좋을까! 인생은 작은 인연들로 얼마나 아름다운가!

피천득의 담요

> 선물은… 목적이 있어서 주는 것이 아니라, 그저 주고 싶어서 주는
> 것이다. 구태여 목적을 찾는다면 받는 사람을 기쁘게 하는 것이다.
> 선물은… 자애(慈愛)와 같이 주는 사람도 기쁘게 한다.
>
> ― 피천득 「선물」

2020년 8월 24일은 매우 더운 날이었다. 한 지인을 만났는데, 뜻밖에 그는 피천득 선생님이 쓰시던 담요를 나에게 선물로 주었다. 너무 의외라 놀라고 황송하기도 하고 미안해서 처음에는 극구 사양했다. 그러나 지인은 고집을 부렸다. 그는 내가 피천득 선생의 제자고 공부하는 학자니까 그 담요를 내가 가지고 사용하는 게 옳다고 말했다. 그 담요를 사용하며 좋은 글 많이 쓰라는 당부도 잊지 않았다. 그 지인은 바로 이미 3권의 커피 수필집을 상재한 새로 떠오르는 커피 칼럼니스트이며 커피 제작자인 구대회 대표다.

구대회 대표는 자신이 피천득의 담요를 가지게 된 경위를 자세히 설명해주었다. 2002년 자신이 대학교에 다닐 때였다. 어느 초겨울날 여느 때처럼 구반포 아파트로 좋아했던 피천득 선생님 댁을 방문했다. 거의 매주 한 번씩 그는 선생님을 뵙고 일주일간 국내외 뉴스를 정

리해서 말씀드리고 선생님께 책도 읽어드렸다. 피천득과 당시 대학생이던 그의 나이 차이는 64년이나 되었다. 친구가 되기에는 너무 큰 나이 차이임에도 두 사람은 가까운 친구가 되었다.

그날 피천득은 나이 어린 대학생 친구에게 담요 한 장을 건넸다. 하숙집에서 춥게 지내는 것을 알고 자신이 당시 사용하던 순모 담요를 준 것이다. 그는 극구 만류하였으나 피 선생님은 고집을 꺾지 않으셨다. 이렇게 해서 그는 그 담요를 하숙집으로 가져가 항상 감사한 마음으로 사용했다. 선생님의 체취를 보존코자 그동안 한 번도 세탁하지 않았다. 그리고 거의 18년이 지난 2020년 8월 지인은 그 아일랜드산 담요를 나에게 전달한 것이다.

나는 피천득 담요를 가슴에 품고 집으로 와서 자세히 살펴보니 체크무늬에, 색깔은 흰색, 남색, 녹색으로 구성되어 있다. 아일랜드의 나라 색이 녹색이어서인지 녹색이 주조를 이루고 있다. 녹색이 제일 좋아하는 색이라 내 마음에도 꼭 들었다. 담요는 작은 무릎담요가 아니라 가로 220센티미터, 세로 165센티미터로 대형 담요였고 세로 쪽에 술 장식이 달려 있다. 담요 촉감이 아직도 매우 좋았다. 이 담요의 주원료는 아일랜드 양모이고 아일랜드 수녀의 기술 지도로 손으로 짠 100% 순모 고급담요인데, 제주 한림 수직사 제품으로 제주 조선호텔 쇼핑센터에서 구매한 것이었다.

피천득 선생이 대학생 친구에게 이 대형 순모 담요를 건넨 것은 선물로 규정할 수 있는데, 구 대표가 거의 20년간 간직해온 피천득 선생

의 그 소중한 담요를 나에게 전달한 것도 선물일까? 나로서는 커다란
선물이다. 피천득 선생이 처음 시작한 이 담요 선물 행위가 한곳에 머
무르지 않고 또다시 선물로 다른 곳으로 이동했다. 나 자신도 귀한 선
물을 받았으니 피천득 선생님을 사랑하는 분을 발견하면 늦기 전에 그
분에게 다시 선물로 전달할 것이다. 이 담요가 완전히 마모되기 전까
지 선물의 선순환 구조가 계속 이어졌으면 좋겠다.

　피천득 시에 「선물」이 있다.

　　　너는 나에게 바다를 선물하였구나
　　　네가 준 소라 껍질에서
　　　파도 소리가 들린다.

　　　너는 나에게 산을 선사하였구나
　　　네가 준 단풍잎 속에서
　　　붉게 타는 산을 본다.

　　　너는 나에게 저 하늘을 선사하였구나
　　　눈물 어린 네 눈은
　　　물기 있는 별들이다. (전문)

　이 시는 독특한 환유 구조로 되어 있다. 소라 껍질=파도 소리=바
다, 단풍잎=붉게 타는 산=산, 눈물 어린 네 눈=물기 있는 별=하늘로

이어진다. 시인의 연상적 상상력은 선물로 받은 소라 껍질에서 파도 소리를 듣고 나아가 장대한 바다로 상승 발전하고 이동한다.

3연짜리 이 시에 한 연을 더 넣어 나만의 시 「선물」을 짓고 싶다.

　　너는 나에게 태양을 선물하였구나
　　네가 준 모직 담요에서
　　따뜻한 봄날을 느낀다.

지인에게 받은 피천득의 담요에서 나는 따뜻한 봄날, 나아가 뜨거운 태양을 선물로 받았다. 나이 어린 친구에게 전달된 피천득의 따뜻한 마음이 나에게까지 전달되었다.

피천득이 수필 「순례」에서 셰익스피어의 소네트 154수보다 한 수 위라고 한 황진이의 시조 한 수를 소개한다

　　동짓달 기나긴 밤을 한 허리를 둘에 내어
　　춘풍 이불 아래 서리서리 넣었다가
　　어른님 오시는 날이면 굽이굽이 펴리라

황진이는 피천득에게 "멋진 여성", "탁월한 시인", "구원의 여상"이었다. 피천득은 이 시조를 다음과 같이 평가했다.

진이는 여기서 시간을 공간화하고 다시 그 공간을 시간으로 환원
시킨다. 구상과 추상이, 유한과 무한이 일원화되어 있다. 그 정서의
애틋함은 말할 것도 없거니와 그 수법이야말로 셰익스피어의 소네트
154수 중에도 이에 따를 만한 것은 하나도 없다. 아마 어느 문학에도
없을 것이다.

피천득 선생이 이토록 높이 평가한 황진이의 이 시조 역시 나는 개
작해보고 싶다.

섣달 추운 밤을 허리에 두른
따뜻한 담요 아래 고이고이 넣었다가
선생님 오시는 날이면 훌훌 펼쳐놓으리

나는 피천득 선생님이 시작한 선물로 받은 담요를 따뜻하게 가지고
있다가 언제라도 선생님께 되돌려드리리라.

피천득은 수필「선물」에서 선물의 정의를 "뇌물이나 구제품같이 목
적이 있어서 주는 것이 아니라, 그저 주고 싶어서 주는 것이다. 구태여
목적을 찾는다면 받는 사람을 기쁘게 하는 것"이라고 하였다. 물론 선
물은 "아름다운 물건"이어야 하고 "사치품"도 "좋은 선물"이 될 수 있
다고 말한다. 그는 계속한다.

그러나 선물은 뇌물이 아니므로 그 가치는 그 물건의 가격과 정비례되지 않는다. 값싼 물건, 값없는 물건까지도 좋은 선물이 될 수 있다.

나는 내금강에 갔다가 만폭동 단풍 한 잎을 선물로 노산(鷺山)[이은상]에게 갖다준 일이 있다. 그는 단풍잎을 받고 아름다운 시조를 지어 발표하였었다. 내가 받은 선물 중에는 유치원 다닐 때 삐아트리스에게서 받은 붕어 과자 속에서 나온 납반지, 친구 한 분이 준 열쇠 하나, 한 학생이 갖다 준 이름 모를 산새의 깃, 무지개같이 영롱한 조가비—이런 것들이 있다.

구대회 대표에 의해 나에게 전달된 피천득의 담요도 나에게는 "아름답고", "기쁜" 선물이다.

피천득은 일상생활 속에서 자신의 믿음을 실천하였다. 글과 사람이 하나가 되는 아름다운 순간이다. 피천득은 자신이 사용하던 고급 순모 담요를 하숙집에서 추위에 떠는 나이 어린 대학생 친구에게 선물로 준 것이다.(구 대표에 따르면 겨울 어느 날 피천득은 지방에 계신 자신의 할아버지에게 갖다 드리라고 두터운 내복 한 벌도 선물했다고 한다.)

피천득은 100년 가깝게 사시면서 언제나 검소하고 소박하게 사셨다. 그는 남에게 무엇인가를 주는 것을 좋아하셨다. 1970년대 초에 대학원을 다닐 때 나는 정원에 나무와 화초가 많았던 망원동 댁을 방문한 적이 있었다. 당시 나는 T.S. 엘리엇의 문학비평을 주제로 석사 논

문을 쓴다고 말씀드렸더니 선생님은 곧바로 서재에 가시더니 엘리엇
의 비평에 관한 영어 원서 두 권을 꺼내다가 주셨다. 당시만 해도 원서
는 구하기도 어렵고 가격도 만만치 않았던 시기였다. 그 학기에 나는
석사 논문을 완성했다.

  피천득의 수필 중 1932년 『신동아』(9월호)에 발표한 「장미」가 있다.
수필의 화자는 어느 날 "잠이 깨면 바라다보려고 장미 일곱 송이를 샀
다." 그러나 집에 오는 길에 만난 친구에게 아픈 부인 갖다 드리라고
장미 두 송이를 주었고, 시든 꽃이 꽂혀 있던 친구 C의 화병이 생각나
그의 하숙집에 들러 두 송이를 꽂아놓고 나왔다. 숭삼동에서 전차를
내려 집으로 걸어가던 중 애인을 만나러 가는 친구 K가 장미꽃을 탐내
는 것 같아 할 수 없이 남은 꽃송이를 다 주고 만다. 자신을 위해 산 일
곱 송이 장미꽃이 모두 남을 위한 선물이 되었다. 집에 돌아온 화자는
말한다.

  집에 와서 꽃 사가지고 오기를 기다리는 꽃병을 보니 미안하다. 그
  리고 그 꽃 일곱 송이는 다 내가 주고 싶어서 주었지만, 장미 한 송이
  라도 가져서는 안 되는 것 같아서 서운하다.

  1990년대 말엽 나는 선생님을 구반포 아파트 댁으로 찾아뵌 적이
있다. 담소를 끝내고 우리는 선생님 댁을 나와 길가 가락국숫집으로
갔다. 선생님은 주문하신 음식을 드시기 전에 거의 반 정도를 덜어내

젊은 사람이 많이 먹어야 한다며 내 그릇에 넣어주셨다. 식사를 마치고 차와 케이크를 위해 근처 파리크라상 제과점으로 갔는데, 선생님은 워낙 소식이시라 조금만 드시고 남은 건 모두 나에게 건네주셨다. 그리고 집에 있는 우리 아이들 갖다주라고 빵까지 사주셨다.

선생님은 1976년 수필 「만년」을 발표했는데, 선생님은 1970년대 초부터 거의 절필을 하신 터라 이 글은 어떤 의미에서 자신의 삶을 정리하며 거의 마지막으로 쓰신 수필이고 수필집에도 마지막 작품으로 배치되었다. 수필의 끝부분을 읽어보자.

하늘에 별을 쳐다볼 때 내세가 있었으면 해보기도 한다. 신기한 것, 아름다운 것을 볼 때 살아 있다는 사실을 다행으로 생각해본다. 그리고 훗날 내 글을 읽는 사람이 있어 '사랑을 하고 갔구나' 하고 한숨지어 주기를 바라기도 한다. 나는 참 염치없는 사람이다.

사랑은 선생님이 평생 실천하신 생활철학이다. 어려서부터 공부한 유교, 성인이 되어 섭렵한 불교, 그리고 개신교로 출발하여 가톨릭교로 옮겨 프란치스코란 세례명을 받았다. 12세기에 가난을 선택하여 살았던 성 프란치스코처럼 검소하게 사셨던 피천득은 시인과 수필가로 글과 행동을 통해 항상 사랑과 정(情)을 보여주었다. 공자의 "인애(仁愛)", 부처님의 "대자대비(大慈大悲)", 예수의 "사랑"은 결국 같은 것이 아니던가.

어려서부터 잠을 부르는 따뜻한 방보다 추운 방에서 공부하였던 터라 나는 올겨울도 다소 추운 방에서 지낸다. (물론 일부러 추운 방을 택했다기보다 가난하여 진흙 벽에 찬바람이 숭숭 들어오는 문풍지, 양재기에 물을 떠놓고 자면 아침에 얼어버렸던 허술한 집에서 살았다.) 나는 피천득 담요를 잘 때는 한 번도 덮지 않았다. 그저 책을 볼 때 무릎에 올려놓거나 등과 어깨에 걸치고 피천득 선생님의 큰 사랑과 그의 따뜻한 마음을 느낀다. 피천득 문학이나 삶에 대한 지식보다 선생님을 본받아 사랑을 실천하며 사는 것이 내가 받은 은혜에 진정으로 보답하는 것이리라.

나는 오늘도 추운 방에서 선생님의 어린 친구, 이제는 글 쓰는 문인(文人) 바리스타가 된 나의 글 친구이기도 한 구대회 대표가 준 순모 담요에 의지해 책을 읽고 글을 쓰고 있다. "영원히 늙지 않는 소년" 금아 피천득 선생님이 미국의 만화가 찰스 슐츠가 2000년까지 50년간 연재한 만화 〈피너츠〉의 주인공 찰리 브라운이라면 나는 그의 친구 라이너스일까? 라이너스는 찰리 브라운의 반려견 스누피와 함께 언제나 담요를 들고 다닌다. 라이너스에게 담요는 생명 없는 물건이 아니라 살아 있는 생물이다. 피천득의 담요는 아주 어린 정다운 친구의 담요가 되었다가 이제 선물로 못난 제자인 내게로 와 따뜻하고 편안한 사랑의 징표인 나의 담요가 되었다.

산소 같은 남자

내 그대 사랑하고 있음 어찌 알겠나?
그대로 하여
나의 아득히 잊었던 어린 시절 꿈들 모두
눈부시게 화려한 불꽃의 꽃들로 피어나서
눈앞에 찬란히 빛나는 벌 나비 부르는 것 보면
아, 내가 그대 사랑하고 있음 이제야 알겠다.

— 김명복, 「사랑」 전문

내가 형을 처음 만난 것은 2000년 4월 중순 사법고시 영어 출제를 위해 양평 한 콘도에 갇혀 있을 때였습니다. 그 후 20여 년간 형과 자주 만났지요. 형을 만난 건 나에게 행운이었고 "아름다운 인연"의 시작이었습니다. 형은 강원도 청정 지역 철원 출신으로 국내에서 영문학 공부를 하고 미국 일리노이대학교에서 비교문학 박사를 받은 후 원주 치악산 자락에 있는 연세대 캠퍼스 자연 속에서 수십 년 동안 후학들을 가르치다가 지금은 은퇴한 김명복 교수지요. 형은 경치 좋고 물 맑은 원주에서 자신이 원하는 것과 할 수 있는 일만 하면서 겸손히 조용하게 지냈습니다. 공기도 탁하고 시끄러운 서울에서 쓸데없이 바쁜

게 황망한 생활을 해온 나로서는 형이 늘 부러웠습니다. 산소를 배출하는 형의 생활을 보면서 탄소를 내뿜는 나의 삶을 마음속으로 자조하기도 했지요. 그래서 원주에서든 서울에서든 형을 만나는 것이 항상 가슴 설레고 즐거웠습니다.

그런데 어느 날 갑자기 병석에 눕게 되었다는 형의 소식에 나는 너무나 놀랐습니다. 더구나 서울에서 멀리 떨어진 진주 병원에 있다니 안타까운 마음에 갑자기 형에 관한 글이 쓰고 싶어졌습니다. 형과 나눈 우정의 작은 기록을 남기고 병석에 있는 형에게 작은 위로라도 될까 해서입니다. 사실 형에 관해 글을 쓴다면 최소한 소책자 분량은 될 수도 있을 겁니다. 시인으로 영문학자로 비교문학자로 번역가로 형은『영문학예술사』,『문학의 환상력』,『영국 낭만주의 꿈꾸는 시인들』등 여러 권을 저술하였고,『로렌스의 묵시록』,『텍스트의 즐거움』,『롱기누스의 숭고미 이론』,『바이런』,『아이네이드』,『장미와의 사랑 이야기』,『왕십리 온 단테 : 신곡 읽기 길잡이』등 더 많은 책을 번역 출간하였습니다. 시인으로는 단 한 권의 시집『그림자만 자라는 저녁』(2007)을 냈지요. 오늘은 시집만 가지고 형에 관한 이야기를 할까 합니다. 저술과 번역은 나도 형을 따라 여러 차례 시도했지만, 시집 출간은 나는 아직도 못 해낸 일이기 때문이지요.

형은 "부끄러움"의 시인입니다. 시집『그림자만 자라는 저녁』의「시인의 말」에서 형은 말했습니다. "부끄러움 모르는 **뻔뻔함**에 질려 누군가 나의 목덜미를 잡아당기며 낄낄대는 것만 같다. 눈길 주는 곳마다

부끄러움의 길이 나고 딱히 누가 지적하지 않아도 앞으로 나 있는 길
이 부끄럽다." 형의 부끄러움은 어디서 온 것일까 궁금증이 발동했습
니다. 형의 짧은 시 「산길」을 보면,

> 산길을 감고
> 모퉁이를
> 돌아서면
> 돌아설 때마다
> 부끄럽다.
>
> —「산길」전문

형은 부끄러움도 느끼지 못하며 살아가는 우리 독자들에게도 부끄
러움을 요구하고 있습니다.

> 가끔은
> 잠시라도
> 시를 읽고
> 가슴으로 부끄러워할
> 그런 사람이면
> 편지하겠다.
> 사랑하겠다.
>
> —「독자」전문

형의 부끄러움은 시 「밤비」, 「추수」, 「새해 인사」에도 나옵니다. 시
인인 형은 하늘을 우러러보아도 한 점 부끄러움이 없는 사람이 되고
싶었나 봅니다. 형의 부끄러움의 본질이 무엇이든, 나는 형의 시학을
"부끄러움의 시학"이라 부르고 싶습니다.

형의 시 중에서 내가 제일 좋아하는 시는 「처음」입니다.

> 농사꾼 아들로 태어나 자라나서일까
> 틈나면 하늘 쳐다보기 자주한다.
> (…)
> "하늘 무서운 줄 알아"란 말이 가장 무섭다.

하늘을 쳐다보면서 부끄럽지 않은 사람이 어디 있을까요. 자연 속
에서 지구 생명 공동체의 일원으로 정의와 사랑으로 떳떳하게 살았다
고 큰소리칠 사람이 과연 몇이나 있을까요. 어려서부터 자연 속에서
살면서 형은 지나치게 결벽했지요.

> 농사꾼 아들로 태어나 자라나서일까?
> 생각의 씨 뿌려 싹 틔워 가꾸고
> 열매 맺고 추수하여 추스르기까지
> 햇빛 달빛 비에 바람 천둥 번개
> 뻐꾸기 개구리 매미에 귀뚜라미 울음소리
> 달빛 그림자에 놀라 짖는 멍멍이

모두 다 생각의 알갱이에 채워 있다.
그리고
눈 내리는 깊은 겨울밤 잠 못 이룰 때
아, 그때야 일어나 실한 생각의 종자들 고를 수 있다.

형은 "교수", "학자"로서도 농사꾼의 아들이었지요. 형의 시 반 이상
이 봄, 여름, 가을, 겨울 사계절에 관한 것입니다. 기본적으로 형은 자연
시인이고, 호숫가에 오두막 짓고 살았던 형이 가장 좋아하는 영국의 낭
만 시인 윌리엄 워즈워스입니다. 형은 "한국의 워즈워스"입니다. 원주
매지리 캠퍼스 앞 "매지 호수"는 워즈워스의 그라스미어 호수입니다.
　이것은 형의 시집에 실려 있는 박경리 소설가의 「광활한 배경」이라
는 제목의 「발문」에 잘 나타나 있지요.

　[나는] 시집을 두세 권 내기는 했어도 내가 시인이라고 생각한 적
이 없었다. 남의 시를 논할 만한 자격이나 있는지, 크게 낭패한 기분
이었다. 그러나 그의 시를 읽으면서 나도 모르게 웃고 있었다. 전형
적인 도시 지식인 타입의 외모와는 다르게 그가 철원 땅 농부의 아
들이라는 것은 이미 알고 있었지만 예민하고 섬약한 감수성에 비해
때론 세련되지 못한 그의 조야한 일면을 통해 그의 시 전반에 걸쳐
있는 배경에서 슬렁대고 있는 자연의 소리를 들을 수 있었다. 시냇
가에서, 논둑길에서, 숲속에서 배회하는 소년의 모습, 이기적이며
영리한 듯하면서도 고지식하고 서툰 생래의 그 모습이 눈앞에 선하

어 나는 혼자서 웃었던 것 같다.

박경리 선생은 형의 시를 한마디로 "자연에의 회귀"라 규정하며 자연처럼 투박한 형의 시 세계의 맥을 정확히 짚어내고 있습니다. "세련되지 않았다고나 할까, 다듬어지지 않았다고나 할까, 그런 부분이 더러 있었지만 대신 비단옷을 걸친 그런 시는 아니다. … 서구 사조에 경도되고 탐미주의에 발목 담근 미문가들이 뿌리 잘린 꽃다발을 들고, 자칫 잘못하면 촌스러운 댄디스트가 되는 것을 왕왕히 보아왔기 때문이다. 완명한 민족주의와는 관계없이 우리 뼛속에 스며든 것이야말로 진정한 예술의 소재이기 때문이다." 그리고 박경리 선생은 형의 사물을 보는 "객관적이며 공평함"을 높이 평가하였습니다.

퇴임을 바라보며 쓴 시 「퇴임하는 영문학 교수」에서 형은 자신의 교수로서의 정체성을 아래와 같이 밝혔습니다.

수십 년을 대학 강의하며
워즈워스를 들먹이고
공자와 맹자를 설파하고
생각나면 이따금
예수와 석가를 이야기하다
선심 쓰듯
마호메트까지 끼워주면

영문학은 물론 철학과 종교도 통달하여
인생을 퇴임해도 무리 없을 듯한데
건강이 허락하지 않으니 큰일이다.
어쩐다?

―「퇴임하는 영문학 교수」 전문

형은 정말로 다면체적 인간입니다. 내가 보기에 형은 문사철(文史哲)을 넘나드는 융복합적 영문학 교수였지요. 언젠가 상상력으로 반짝이는 형의 강의를 직접 듣고 싶었습니다. 그 박학다재한 능력과 예민한 감수성이 결합한 형의 강의에 강한 호기심을 가지고 있었지요.

소년이로학난성(少年易老學難成)이란 말이 있듯이 학자는 빨리 나이 들고 몸이 쇠약해지지요. 형의 시 「나이」의 마지막 부분이 가슴에 와닿습니다.

눈 침침하면 글 보려 애쓸 나이 아니라
이제부터 더욱 열심히 글 써야 할 나이이다.

몸의 쇠약함을 지나 형은 어느 날 갑자기 너무나도 놀랍고 안타깝게 깊은 병이 들었습니다. 병이 나기 10여 년 전, 형은 17세기 영국 형이상학파 시인으로 이름난 존 던(John Donne)의 기도집 『인간은 섬이 아니다 : 병의 단계마다 드리는 기도』를 번역 출간하였습니다. 10년 전에 벌써 자신의 병을 예견했나요? 형은 옮긴이 머리말에서 "모든 생명은 죽음의 씨앗을 갖고 태어났다. 인간의 생명도 죽음의 생명과 함께 시작된다. 생명의 나이는 죽음의 나이이다. 그렇게 인간은 태어나자마자 죽음이란 불치의 병을 앓는다"라고 생명과 죽음의 불가분의 관계를 논했습니다. 나아가 죽음에 이르는 병에 대해서 "죽음이 죽을 수 없듯이, 병도 죽지 않는다. 병에 대한 불안은 죽음에 대한 불안이다"라고 정의했지요.

창조주 하나님이 만드신 위중한 병에 걸려 죽음을 넘나드는 사람을 위해 형은 어떻게 기도할지 존 던에게서 찾고 있습니다. 존 던은 제1장에서 병을 다음과 같이 묵상하고 있지요.

"병"이란 우리가 신중하게 대처한다고 해서 막을 수 있는 것이 아니고 (…) 병은 우리를 불러서 도망 못 가게 움켜쥐고 사로잡아 단숨에 파괴한다. (…) 인간의 "붕괴"는 병의 첫 변화부터 잉태되어, 병으로 가속화되고, 끝내는 죽음을 낳는다. 죽음은 이미 첫 변화부터 시작된다.

묵상 다음에 오는 것이 "논의"입니다. 던은 "우리는 이 세상을 살아가는 하나님의 임차인들입니다. 그러나 우리의 땅 주인이신 하나님은 우리를 대신해 지대를 지불해주십니다."라고 논의한 후 곧바로 "기도"로 들어갑니다.

오, 하나님, 나는 타고난 병약자임을 고백하오니 나를 지켜주소서. 우리 죄의 무게를 아시고, 우리 죄에 대하여 비싼 대가를 치르신 하나님 의 아들, 우리 구세주, 그리스도 예수를 위해 이 일을 해주십시오. 아멘.

형은 기독교인이지만 지나치게 뜨겁지도 차지도 않은 스피노자의 이른바 "신에의 이성적인 사랑"을 지닌 온건한 크리스천이라는 게 나의 생각입니다. 솔직히 말씀드려 나도 지금 고통받고 있는 형에게 내 기도 대신 위에 있는 던의 기도를 돌려드릴 수밖에 없는 것이 안타까울 뿐입니다.

20년 전 형을 처음 만났을 때 써놓은 시 「어느 날 산속에서」를 부끄럽지만, 여기에 올립니다.

일상의 삶 속에서 잃어버린
언어 조각을 주워 담을까 하여
어느 날 산속으로 들어갔다가

유쾌한 말 사냥꾼을 만나
한참 재미있게 말장난을 하다가
잃어버린 나를 찾은 것 같다.

금세 숲 위로 별 하늘이 보이고
숲 사이로 자연의 소리가 들려오고
숲 아래 생명의 냄새가 진동한다.

죽었던 말들이 다시 꼼지락거리고
거룩한 욕망이 새롭게 흩어지며
생각들이 원고지에 꽃잎처럼 쌓인다.

사실 형을 만날 때마다 항상 드는 생각은 형이 "산소 같은 남자"라는 겁니다. 형은 항상 맑고 순수하고 부끄러움이 많은 다정한 강원도 시골 사람입니다. 혼탁하고 잡종적이고 부끄러움을 모르는 나는 약삭빠르고 오염된 도시인입니다. 병상에 누워 있는 형의 쾌유를 간절하게 빕니다. 그래서 우리 다시 치악산이 보이는 공기 좋은 원주 매지리 캠퍼스 뒷산에 올라 함께 산책하며 상큼하고 즐거운 이야기를 나누길 바랍니다. 우리가 가끔 가던 원주 중국식당에서 맛있는 요리도 함께 먹고 싶습니다.

우리가 자주 만나던 광화문 교보문고에서 같이 책을 사 들고 세종문화회관 지하 식당에서 식사하고 카페에 들러 문학과 책 이야기, 그리고 각자의 집필 계획들을 나누던 시절이 너무너무 그립습니다. 원주의 치악산, 붕어찜 집, 앙성의 복숭아 농원도 형과 함께 꼭 다시 가고 싶습니다. 살아 있는 기억은 우리 존재의 기둥입니다. 아름다운 기억의 소중한 순간들이 지금 은하수의 별무리처럼 눈물에 젖어 명멸하고 있습니다. 김명복 교수님, 건강을 빨리 회복하여 자리를 박차고 일어나 형이 이전처럼 "산소 같은 남자"로 다시 내 앞에 서주기를 무릎 꿇고 두 손 모아 주님께 간절히 기도 드립니다. 아멘!

사막에는 비가 아니 옵니다.

　나무도 풀잎도 보이지 않고 모래만이 끝없이 깔려 있는 곳이 사막입니다. 다른 땅에는 꽃이 피고 새가 울어도 사막에는 뽀−얀 모래 위에 봄바람이 이따금 불 뿐입니다. 다른 땅에는 푸른 잎새가 너울너울 늘어지고 그 사이로 차디찬 샘물이 흘러나려도, 사막에는 하얀 모래 위에 여름 바람이 이따금 불 뿐입니다. 다른 땅에는 갖은 곡식이 열고 노랗게 붉게 단풍이 들어도 사막에는 하얀 모래 위에 가을 바람이 이따금 불 뿐입니다. 다른 땅에는 눈이 나리고 얼음이 얼어도 저 사막에는 아무러한 변화도 없이 끝없는 모래 위에 이따금 겨울 바람이 불 뿐입니다.

─피천득, 「어린 벗에게」

가을

책 세상이 바로 낙원이네

글 쓰는 검투사, 새뮤얼 존슨

> 인간의 삶은 어디에서나 즐길 것은 별로 없고 참아야 할 것은 많
> 다.
>
> — 새뮤얼 존슨, 『라슬러스』(1759)

> 존슨의 마음은 원형경기장, 로마의 콜로세움과 같아 거기서 존슨
> 은 검투사처럼 온갖 적, 맹수들과 사투를 벌였다. 존슨은 일단 몰아
> 내지만, 그들은 다시 돌아와 그를 또 공격했다.
>
> — 제임스 보즈웰, 『새뮤얼 존슨 전기』(1791)

18세기 영국 계몽주의 시대의 대문인 새뮤얼 존슨(1709~1784)은 1980년부터 나의 문학적 영웅이었다. 나는 존슨을 닮고 싶은 그의 숭배자다. 지방의 가난한 서적상 아들로 태어난 존슨은 어려서 아버지 서점에 주저앉아 책을 닥치는 대로 읽는 바람에 엄청나게 박학다식한 사람이 되었고 기억력도 비상하여 많은 작품의 주요 구절을 암기하였다. 존슨은 신체는 건강했으나 평생 신경증 등 크고 작은 병마에 시달렸다. 시력도 좋지 않고 얼굴도 험상궂어 우직하고 육중한 곰 같은 모습의 존슨은 옥스퍼드대학에 입학했으나 학비 조달을 할 수 없어 1년

만에 자퇴했다.

그 후 고향에서 작은 학교를 시작했으나 오래가지 못했으며, 런던으로 올라와 가난한 문인들이 사는 그럽 가(Grub Street)에 정착하였다. 존슨은 처음에는 가난과 싸우면서 의회의 토론 과정을 기록으로 만들어 그 원고를 잡지에 팔고 번역도 하며 겨우 연명하였다. 이렇게 밑바닥 생활에서 작가로서의 기초를 착실하게 다진 존슨은 주간 잡지를 세 종류나 창간하여 장중한 문체로 당대 문제를 다룬 다양한 주제들에 관해 많은 신문 에세이(periodical essay)를 써냈으며, 나중에는 소설과 희극도 써냈다.

존슨은 1755년 영국 최초로『영어사전』을 편찬했다. 조교 다섯 명을 데리고 8년에 걸쳐 완성한 이 사전은 단어의 정의와 용례가 함께 있는 용례 사전으로 셰익스피어, 밀턴 등의 작품들을 예문으로 사용한 최초의 문학 대사전이기도 하다. 이 사전을 계기로 중퇴한 모교인 옥스퍼드대학교와 더블린의 트리니티대학에서 명예 문학박사 학위를 받아 "존슨 박사(Doctor Johnson)"로 불리었다. 당시 영국 왕 조지 3세의 비밀 초대를 받기도 한 존슨은 300파운드의 연금을 받게 되어 드디어 만성적 빈곤에서 벗어나 자유롭게 글을 쓰며 당대 최고의 문인이 되었다. 그 후 셰익스피어 전집을 편집 출판하였고 런던의 커피하우스에 문학 클럽을 만들어 당대 주요 지식인들과 다양한 주제로 토론하며 공영역의 장을 펼친 위대한 대화가로서 영국 문단을 주도하였다. 만년에 존슨의 제자가 된 스코틀랜드 주민 제임스 보즈웰은 세계 최고의 전기로 평가받는 『새뮤얼 존슨 전기』(1791)를 집필하였다.

미국에서 공부할 때 나는 박사학위 주제로 새뮤얼 존슨을 택했다. 존슨이 쓴 엄청난 분량의 글 일부를 읽을 때마다 250여 년 전에 영국에서 문필가로 활동했던 그의 깊은 통찰력과 새로운 비전에 새삼 감탄하고 놀랐다. 그 후 나의 존슨 순례는 계속되어, 그의 고향인 스태퍼드셔주의 작은 도시 리치필드를 두 번이나 방문했고 그의 모교였던 옥스퍼드 펨브로크 대학과 그가 묵었던 기숙사도 방문하였다. 무엇보다도 존슨은 40여 년 이상 런던에 살았다. 지극히 가난했던 시절 존슨이 거닐던 그럽 가를 다시 걸어보고, 그곳에 서 있는 존슨의 작은 동상도 만나고, 그가 영어 사전을 만들었던 거프스퀘어 집 5층도 가보았다. 또한, 제임스 보즈웰과 함께 여행하며 쓴 『스코틀랜드 서쪽 섬 여행기』(1775)를 손에 들고 그가 다닌 곳을 따라 다녔고, 스코틀랜드 서북쪽의 오지 헤브리디스 지방도 둘러보았다. 그리고 런던의 성 바울 대사원 내의 존슨 입상과 웨스트민스터 사원 내의 존슨 흉상 앞에서 기도 드리며 존슨 순례를 계속했다.

지금까지 보수의 보루로 여겨지기도 했지만, 존슨은 평생 펜을 칼로 삼아 당대 사회와 시대의 상식에 거스르는 세력들과 싸우기 위해 끊임없이 칼을 휘둘렀다. 존슨은 여성과 주변부 타자들을 위해 변호했고, 당시 미국의 인디언 말살 정책에 대한 영국의 태도를 비판하기도 했다. 지금도 나는 글 쓰는 검투사인 그의 작품 선집과 기도서, 설교집, 일기를 침대 머리맡에 놓고 수시로 읽고 묵상하며 존슨의 위트와 지혜와 신앙을 배우며 살고 있다. (책상에 걸어놓은 그의 사진을 매일 바라보고 존슨의 고향 리치필드에 있던 기념관에서 구매한 존슨 얼굴이 들어간 펜던트 목걸이도 가끔 걸고 다닌다!)

내가 1983~1984년 브리티시 카운슬 장학생으로 영국 요크셔주 리즈대학교에서 연구교수로 있을 때 일화 두 가지를 소개한다. 당시 초등학교에 다니던 나의 두 딸은 존슨에 관한 박사학위 논문을 준비하면서 내가 자나깨나 '존슨 박사' 이야기만 하고 다니고 자신들과 놀아주지 않으니까 "아빠는 '존슨 박사'밖에 몰라"라고 불평 겸 항의하는 소리를 여러 번 했다. 지금 생각해도 미안한 생각이 든다. 나는 그때 리즈시 지역의 헌책방을 돌면서 존슨과 보스웰에 관한 오래된 책들을 수집하고 있었는데, 1984년 어느 봄날 한 작은 중고서점에서 그 유명한 존슨 사전의 축약판을 찾아냈다. 1805년에 런던에서 발간된 양가죽 표지로 된 사전이었다. 그 가격은 20파운드였다. 당시 20파운드는 가장의 입장에서 큰돈이라 만지작거리기만 하면서 망설이다가 그냥 놓고 나왔다.

그러나 나는 밤새 잠을 이룰 수가 없었다. 존슨의 분신처럼 느껴지는 그 사전을 사지 못한 것이 너무나 서운하고 후회가 막급이었다. 밤잠을 거의 설치고 아침 일찍 만사를 제치고 그 서점이 문을 열기 전에 앞에 가서 서서 기다렸다. 서점이 문을 열자마자 뛰어 들어가 그 사전을 찾았다. 다행히 누가 사 가지 않고 그대로 있었다. 나는 미련없이 20파운드를 던지듯 내밀고 그 사전을 가슴에 품고 집으로 돌아왔다.

출간된 지 215년이 넘은 책이지만 나는 아직도 가끔 펴보고 더듬으며 내 방의 가장 잘 보이는 곳에 두고 새뮤얼 존슨의 노고와 분투를 생각한다. (아마 지금쯤 이 고서 가격은 최소 200파운드도 훨씬 넘으리라.)

『타임』 잡지가 2000년대 초에 지난 1,000년간 서구에서 가장 영향력 있는 문인의 한 사람으로 존슨을 소개하였다. 그의 영향력은 영국에서는 보이지 않게 널리 퍼져 있으나 한국에는 거의 알려지지 않았다. 한국의 시인 신원철이 존슨에 관해 쓴 시 「닥터 존슨」이 흥미로워 여기에 소개한다.

> 18세기 영국의
> 가난했지만 뱃심은 아주 좋은 사내,
> 박식하고 달변이고 칼날처럼 정확하고
> 가스버너처럼 폭발성이어서
> 왕실도 슬슬 눈치를 보던
> 당대의 논객,
> 그의 우산 아래 재주꾼들이 구름처럼 몰려들었다
> 사람들은 커피하우스까지 만들어 주고
> …
> 그 가운데 버티고 앉은
> 황소의 숨소리
> 못생긴 사내
>
> —「닥터 존슨」(2014)

새뮤얼 존슨은 문명사적으로나, 문학사적으로나, 비평사적으로 중요한 시기, 즉 르네상스에서 신고전주의까지의 시대 그리고 낭만주의와 현대에 이르는 시기 "사이"에 살았다. 모든 형태의 실천비평을 수행한 바 있는 존슨은 문학사적으로 전환기 시대를 살았다. 신고전주의와 낭만주의라는 영국 비평의 두 거대한 주류가 만나는 지점에 서 있었으나, 존슨은 신고전주의의 한계에 맹목적이지도 않았고 당시 유행하기 시작한 낭만주의의 새로운 실험에 대해서도 열광하지 않았다. 두 가지 문학운동으로부터 상대적 독립성을 지킨 것이 그의 장점이며, 바로 여기에 문인으로서 존슨의 위대성과 유용성이 있다.

영미의 영문학과에서 20세기 중반까지 존슨은 그의 전기작가인 제임스 보즈웰을 통해 반동적 기벽을 지닌 전통적 보수주의자로서 작가, 비평가보다는 대화꾼(talker 또는 conversationalist)으로 그 지위가 전락했다고 볼 수 있다. 이렇게 왜곡된 존슨을 구출하여 작가, 비평가, 사상가로서의 적절한 위상을 다시 세워주어야 한다. 그렇다면 존슨 비평이 그런 전환기에 "권위와 우상 파괴"를 함께 포용하는 일종의 변증법적 또는 대화적 입장을 가질 수 있었을까? 존슨 비평은 어떤 의미에서 철저한 영국적 산물로, 당시 프랑스 합리주의에 대한 경험주의, 프랑스 절대주의에 대비되는 입헌군주제, 프랑스 학술원의 권위주의에 대한 영국적 자유주의 정신을 따랐고, "균형과 통제"의 정치학과 윤리학을 내면화시켰다고 볼 수 있다.

19세기 영국 낭만주의 시대 이래로 작가의 의미는 독창적 상상력과 아름다운 문장을 구성할 수 있는 장르인 시, 소설, 희곡의 창작자로 국한되었다. 그러나 존슨은 18세기 계몽주의 시대의 넓은 의미에서 작가(writer), 문인(文人, man of letters)이다. 물론 시와 소설, 희곡도 썼지만, 존슨에게는 문학의 범주가 미학과 예술성이 탁월한 시, 소설, 희곡 장르에만 국한되지 않고 훨씬 다양했고 광범위했다. 편지, 여행기, 일기, 전기, 주석, 번역, 사전 편찬, 평전, 편집, 에세이, 심지어 기도문, 설교까지 문학에 포함했다. 그에게 문학은 시민주의 시대의 생활문학을 포괄하는 광범위한 것이었다. 18세기 시민사회에서 모든 글쓰기는 시민(대중)에게 교양과 즐거움, 지식과 지혜를 주는 일종의 "공영역"을 만드는 행위였다. 그래서 18세기 소설가 토비아스 스몰렛은 전천후, 전방위, 공적 문학 지식인인 존슨을 대문인 또는 "문학의 대왕(Great Cham of Literature)"이라고 불렀다. (여기서 "Cham"은 칭기즈칸을 나타내는 "Khan"에서 나온 말이다.)

미국의 대비평가 해럴드 블룸은 『서구의 정전』(1994)이란 책에서 존슨을 서양에서 "가장 위대한 비평가"로 불렀다. 블룸은 또한 그의 흥미로운 책인 『천재론』(2002)에서 서양의 100명의 천재 유형을 열 가지로 나누었다. 두 번째 천재 유형을 "지혜"로 본 블룸은 여기에 야훼(여호와), 소크라테스, 플라톤, 사도 바울, 무함마드(마호메트), 제임스 보즈웰, 괴테, 프로이트, 토마스 만과 더불어 새뮤얼 존슨을 배정하였다. 블룸의 이런 분류를 참고한다면 가난과 병마를 극복한 대문인 존슨은 분명히 "지혜 문학"의 대열에 포함된다. "서양 최고의 비평가"이며 "비평의 천재"인 새뮤얼 존슨에게서 우리가 배울 수 있는 것은 바로 21세기를 위한 삶과 문학과 비평의 "지혜"다.

존슨은 18세기라는 과거와 21세기라는 미래를 연결하는 다리를 놓기 위해 글을 쓴 작가에 속한다. 존슨의 글쓰기는 "오래된 미래"라 말할 수 있을 것이다. 19세기 낭만주의 시대에 정립된 문인의 축소된 기능과 역할에서 벗어나 21세기에는 문학의 범주와 장르의 확산을 통해 일부 고급 독자들만이 아니라 보통 독자(common reader)를 포용하는 시민 문학으로의 새로운 위상을 재정립해야 한다. 이것이 존슨이 우리에게 던져둔 문학의 새로운 과제다.

나의 글쓰기 영웅 새뮤얼 존슨이 남긴 말을 한 가지만 소개한다.

> "글쓰기의 유일한 목적은 독자들에게 삶을 더 잘 즐길 수 있게 하거나 적어도 삶을 더 잘 견뎌낼 수 있게 만드는 것이다."
>
> — 새뮤얼 존슨, 『리처드 새비지 전기』(1744)

한때 "한국의 '존슨 박사'"가 되고 싶었던 나는 존슨의 이 말을 지금까지 이 황폐한 시대의 내 문학의 좌표로 삼았고 앞으로도 그러한 "글 쓰는 검투사"로 살아가고 싶다.

『피터 팬』 나이 들어 "다시" 읽기

어린이는 어른의 아버지이다.

— 윌리엄 워즈워스

『피터 팬』은 표면적으로는 어린이를 위한 휴가철 문학 같지만, 사실은 어른들을 위한 작품이다.

— 조지 버나드 쇼

피터 팬(Peter Pan)은 스코틀랜드 작가 제임스 매튜 배리(James Matthew Barrie)가 창조해낸 우리 가슴에 언제나 살아 있는 "영원히 나이 먹지 않는 소년"이다. "세상에서 가장 착한 작가"로 불리는 배리가 1904년 써낸 희곡『피터 팬』과 1911년 개작한 소설『피터 팬과 웬디』는 세계문학사상 불멸의 문학이 되었다. 이 소설은 전 지구상의 어린이뿐 아니라 어른에게도 따뜻하고 사랑스러운 잃어버린 마음의 고향이다. 우리는 모두 피터 팬의 놀라운 환상적 이야기를 통해 마음의 지도를 다시 그릴 수 있다. 이것은 답답한 도시적 삶의 굴레 속에서 고단한 일상을 살아내고 있는 우리에게 신선한 공기를 불어 넣어 우리의 몸, 마음 그리고 영혼까지 맑게 해주는 "산소 같은" 소설이다. 이 소설을 70

이 훨씬 넘은 나이에 다시 읽으며 떠오른 주제 중 몇 가지만을 나는 이 자리에서 이야기하고자 한다.

"어린이 되기"의 가능성과 불가능성

이 소설의 가장 중요한 주제는 바로 나이가 들더라도 "어린이로 남기" 또는 언제라도 "어린이 되기"이다. 『피터 팬과 웬디』의 첫 장 첫 구절을 보자.

> 아이들은 모두 자란다. 한 사람[피터 팬]만 예외다. 자신들이 자란다는 사실을 아이들은 일찍부터 알고 있다. 웬디가 그 사실을 알게 된 정황은 이렇다. 두 살이 되던 어느 날 웬디는 정원에서 놀다가 꽃한 송이를 꺾어서 엄마에게 갖다 드렸다. (…) "아, 너는 이 꽃같이 나이 먹지 않을 수 없을까?"
>
> 두 모녀는 자라지 않아 영원히 변하지 않는 것들에 대한 이야기했다. (…) 여러분도 두 살이 지나면 (…) 자라지 않고 영원히 나이를 먹지 않는 사람은 없다는 사실을 깨닫는다.
>
> — 제임스 배리, 『피터 팬과 웬디』(김명복 옮김)

두 살이면 벌써 우리가 나이 먹는 것을 알게 되다니! 이것은 그만큼 어린이로 남기가 얼마나 어려운가를 보여준다. 어떻게 하면 영원히 늙지 않은 어린이로 남을 수 있을까? 배리는 자신의 소설 『토미와 그리젤』에서 "천재란 무엇인가? 그것은 마음 내킬 때 다시 소년이 되는 것이다"라고 말한 바 있다. 여기서 문제는 어쩔 수 없이 나이 들어 어른이 되어도 어린이의 마음을 가질 수 있느냐이다. "어린이로 영원히 남기"는 불가능하니 어른이 되더라도 언제나 다시 "어린이로 되돌아가기"가 중요해지는 것이다. 그것이 바로 우리가 영원히 늙지 않는 어린이로 남는 것이리라.

"어린이 되기" 또는 "어린이 회복하기"에 가장 적당한 장르가 환상문학이다. 환상(Fantasy)의 효과는 현실에서 벗어나 일시적이나마 해방감을 누리며 일상세계를 다시 들여다보고 반성하고 사유하는 시공간인 일종의 중간지대를 마련해주는 것이다. 20세기 말부터 21세기 초까지 서구에서 부활한『나니아 연대기』시리즈나『해리 포터』시리즈 등도 결국 20세기 초 피터 팬 현상의 부활이라 볼 수 있다.

"사랑 이야기"로서의 가능성

이 소설에서는 소년 피터 팬과 세 여성 인물 웬디, 요정 팅커 벨, 인디언 공주 타이거 릴리 사이에 낭만적 사랑의 분위기가 연출된다. 피터와 웬디가 만났을 때 그들이 나눈 대화를 들어보자.

웬디는 피터와 함께 침대 끝에 앉았다. 그리고 웬디는 피터가 원하면 키스해주겠다고 말했다. 그러나 피터는 웬디가 무슨 말을 하는지 몰랐다. 웬디가 뭔가 주겠다고 말하니, 그는 잔뜩 기대하고 손을 앞으로 내밀었다.

"키스가 무엇인지 알기는 하니?" 웬디는 놀라 물었다.

"네가 키스를 주면 무엇인지 알겠지." 멋대가리 없이 피터가 말했다. 피터의 감정을 상하지 않게 하기 위해 웬디는 골무 하나를 피터에게 주었다.

"자 그러면, 이제 내가 키스를 줄까?" 하고 피터가 말하자 웬디는 다소 새침해서 말했다. "자 줘봐."

그녀는 얼굴을 그를 향해 기울이며 부끄러워했다. 그러자 피터는 그녀의 손 안에 도토리 단추 하나를 달랑 떨어뜨렸다.

웬디는 진정으로 피터에게 일종의 연정을 느껴 키스하고 싶었으나 피터는 모른 체하며 엉뚱한 태도를 보인다. 소년 피터는 정말 키스가 무엇인지 모르는 것일까? 웬디가 후에 "이제 나에게 키스해줘도 좋아"라고 다시 말했으나 피터가 키스하지 않은 걸 보면 분명히 그는 키스가 무엇인지 모르고 있다. 결국 웬디가 먼저 키스하고 피터도 웬디에게 키스했다. 그러나 피터 팬에게 사랑의 감정은 없는 듯하다.

피터가 웬디에게 키스할 때 피터를 따라다니는 요정 팅커 벨이 웬디의 머리를 잡아당겼다. 요정은 이들의 키스를 방해하려 했던 게 분명하다. 그 후에 팅크는 원래 나쁜 요정은 아니어서 착한 일도 하지만 점점 고약한 성미를 부리기 시작했다. 작가는 "지금 팅크는 웬디에게 질투심을 느끼고 있었다"라고 적고 있다. 해적 대장 후크의 속임수로 피터 팬이 거의 독약을 먹기 직전에 팅커 벨은 피터를 살리기 위해 자신이 그 독약을 먹고 죽는다. 이것은 인간과 요정 사이의 사랑의 극치가 아닌가? 피터의 극진한 노력으로 팅커 벨은 결국 다시 깨어난다.

타이거 릴리는 인디언 부족의 매우 아름다운 공주다. 그녀가 해적에게 붙잡혀 가 죽게 되었을 때 피터 팬이 필사적으로 구해주었다. 타이거 릴리에게는 구혼자들이 많았지만, 누구에게도 눈길을 주지 않았다. 왜 그럴까? 그것은 아마도 언젠가 피터 팬과 결합할 수 있으리라는 기대 때문은 아닐까? 어떤 의미에서 『피터 팬과 웬디』는 사랑 이야기다.

소설에서 작가의 개입 : "나", "우리", "여러분"

이 소설을 읽으면서 가장 인상적인 점은 작품 속에 작가가 수시로 개입한다는 사실이다. 소설 텍스트에 작가가 절대로 나타나서는 안 된다는 20세기 모더니즘 소설에 오랫동안 익숙했던 나는 처음에는 어색했으나 곧 적응했고 오히려 즐기게 되었다. 독자로서 내가 작중인물뿐 아니라 소설가 배리를 직접 만난다는 것은 여간 신나는 일이 아니다. 이 소설을 시작하는 첫 문단과 마무리하는 마지막 문장에 똑같이 독자를 뜻하는 "여러분"이 등장한다.

여러분도 두 살이 지나면 그 사실을 알게 될 것이다.

여러분이 이제 웬디를 만나보시면 그녀의 머리카락이 희어지기 시작하고 있음을 알 수 있을 것이다.

소설가 배리가 소설 쓰기, 즉 허구 만들기에서 시공간을 바꿔가면서 자주 창작 작업에서 자신을 "나"라고 지칭하며 드러내고 독자를 불러내는 것은 저자─등장인물(소설)─독자 사이의 새로운 관계 설정을 만들기 위한 것이다. 어떤 의미에서 작가의 독립성과 주체를 양보하고 독자와 함께 텍스트를 만드는 것이다. "자, 독자여! 다음의 일이 벌어지는 데 얼마나 시간이 걸렸을지 계산하시라"에서 작가 배리는 큰소리로 독자를 직접 불러내기도 한다.

이 소설의 어떤 긴 문단에서는 "나"(작가), "우리"(작가와 독자), "여러분"(독자들)이 동시에 등장하기도 한다. 예를 들어보자.

우리는 달링 부인이 어떤 분인지 안다. 그녀는 우리들이 아이들의 작은 즐거움을 빼앗았다고 비난할 것이 분명하다. (⋯) 여러분도 이제 알게 되었을 것이다. 부인은 만만한 상대가 아니다. (⋯) 그러나 나는 이제 부인에게 그 어느 것도 이야기하지 않겠다. 사실 나는 부인에게 무엇을 준비하라고 이야기할 필요도 없다. (⋯) 우리 모두 방관자들이 되자. 어느 쪽도 우리를 원하지 않으니, 그들 가운데 누군가 상처받기를 바라며 지켜보고 있다가 생뚱맞은 이야기나 하자.

이 부분에서 정말로 소설가와 독자의 관계에 대한 배리의 생각이 극명하게 드러나 "나", "우리", "여러분"이 하나의 창작 공동체가 되고 있다. 이것이 소설의 새로운 가능성이 될 수도 있다. 이렇게 소설은 작가-작중인물-독자들의 다양한 목소리가 함께 섞이고 대화하는 역동적인 만남의 광장이 되는 것이다.

여성주의, 여권주의

『피터 팬과 웬디』를 읽으면서 떠나지 않는 생각은 피터 팬의 여성 존중이다. 이런 생각을 가지고 이 소설을 다시 살펴보면 많은 여성주의(페미니즘)를 만날 수 있다. 피터는 소설 처음부터 여성성의 우월성을 토로한다.

피터는 그 누구도 저항할 수 없는 목소리로 계속해 말했다. "웬디, 한 명의 소녀가 스무 명의 소년들보다 더 쓸모가 있어."

"집 잃은 여자들은 없어?"
"그래, 없어. 너도 알다시피, 여자아이들은 너무나 영리해서 유모차에서 떨어지는 일이 없어."
이 말이 웬디를 매우 기분 좋게 했다. 그녀가 말했다. "내 생각에, 너는 참 여자들을 좋게 말하는구나."

피터 팬은 페미니스트임이 틀림없다.

피터 팬이 해적에 잡힌 웬디를 구하러 인어들이 사는 호수에 갔을 때 피터도 크게 다쳤다. 피터와 웬디는 그곳을 벗어나고자 했으나 거의 불가능했다. 그들은 연을 발견하고 그것을 타고 탈출할 계획을 세웠으나 그 연에 두 사람 모두 타기는 어려웠다. 피터 팬은 자신을 포기하고 웬디만을 구했다. 이것에 대한 감사의 마음일까? 후에 해적 선장 후크와 피터 팬이 최후의 결전을 벌이는 중 몹시 피곤한 피터가 잠시 잠들었을 때 그는 꿈속에서 한동안 울었는데, "꿈속에서 웬디는 피터를 꼭 끌어안아주었다". 괴테는 『파우스트』의 마지막 노래에서 "영원히 여성적인 것만이 인류를 구원한다"고 했던가? 1911년 출간된 이 소설에는 빅토리아 시대 가부장제의 잔재도 많고 여성을 "집안의 천사"로 남겨두려는 시도도 여러 곳 있다. 그러나 그런 시대정신에 저항하여 여성을 독립적 주체로 소중히 여기는 여권주의 사상을 드러내는 이 소설에 새롭게 가치를 부여해야 할 것이다.

인종차별 문제 : 백인들의 인디언에 대한 태도

아직 많이 논의되지 않았지만, 이 소설에서 보이는 인종차별이 주요한 문제가 되어야 할 것이다. 이 소설에서 중요하게 등장하는 미국 인디언은 야만인, 원주민, 그리고 "붉은 피부를 가진 사람들(Red man)"이라고 불리었으나 요즘은 가치 중립적으로 토착 미국인(Native American)으로 불린다. 피터가 죽음에서 구해준 타이거 릴리는 피카니니 부족장의 딸로 인디언 공주다. 그래서 인디언들은 피터를 존경하고 복종한다.

인디언들은 피터를 위대한 백인 아버지라고 부르며, 존경의 표시로 그의 앞에 무릎을 꿇었다. 그는 이러한 그들의 태도를 매우 좋아했다. 그러나 이것은 그를 오만하게 만들어 도덕적으로 그에게 좋지 않았다. 인디언들이 그의 발치에 넙죽 엎드리면, 피터는 대장처럼 말했다. "나 위대한 백인 아버지는 피카니니 전사들이 나의 집을 해적들로부터 지켜주어 기쁘다."

그러면 예쁜 인디언 공주가 말했다. "나 타이거 릴리를 피터 팬이 구해주었다. 나는 그의 좋은 친구이다. 나는 해적들이 그를 해치려 하면 그들을 좌시하지 않겠다."

그러나 사내와 같은 여전사 릴리는 아첨으로 그렇게 말하지는 않았을 것이다. 그러나 피터는 마땅히 그런 대우를 받아야 한다고 생각하고, 생색내며 대답했다. "좋다고 피터 팬이 말씀하신다."

여기에서 인디언들이 무릎을 꿇으며 어린 피터를 "위대한 백인 아버지"라고 높이 부르는 것이 심상치 않다. 더욱이 피터 자신의 "좋다고 피터 팬이 말씀하신다"라는 표현 방법은 더욱 문제다. 대단히 권위적으로 자신을 가리키는 말은 마치 자신의 "말"이 하나의 법령과 같은 권위를 가진다는 뜻이다. 공자님이 말씀하신다, 예수님이 말씀하신다, 자라투스트라는 이렇게 말했다와 같은 맥락이다. 이것은 아마도 비서구인들에 대한 백인우월주의의 표현일 것이다. 19세기 대영제국의 제국주의와 식민주의가 전 지구를 지배할 때 소위 식민지 원주민들을 교화시키고 문명화시켜야 한다는 "백인의 의무"가 떠오른다. 이런 인종차별주의는『피터 팬과 웬디』라는 텍스트와 작가 배리 자신의 무의식 속에 깔린 것일지도 모를 일이다.

후크 선장이 이끄는 백인 해적들은 피터와 웬디, 그리고 집 잃은 소년들을 해적들로부터 방어해주는 인디언들에 대해 대학살을 자행했다. 살아남은 인디언들은 타이거 릴리를 비롯해 단 몇 명뿐이었다. 그러나 그런 만행에 대한 비판보다는 "잔인성을 미워하기는 하지만, 그런 대담한 전술을 생각해낸 그(후크)의 기지와 전술에 경의"를 표할 뿐이다.『피터 팬과 웬디』같은 아동문학에서 나타나는 이러한 인종차별주의 사상은 이 책을 읽는 동서양 어린이들에게 거의 무의식적으로 작동되어 성장하여서도 당연한 것으로 받아들일 수 있으므로 바람직하지 않고 오히려 위험한 것이다. 그러나 희망은 엿보인다. 피터 팬이 타이거 릴리를 백인 해적들로부터 구해주고 네버랜드의 집 잃은 소년들과 인디언 공주와 잘 지내는 것은 종족 간 평등과 화해 가능성의 시작이다.

잠정적인 이런 문제들 외에도 독자들이나 연구자들에 따라 앞으로『피터 팬과 웬디』에서 다양한 문제나 주제들이 계속 추가될 수 있을 것이다. 위대한 문학작품은 언제나 시대에 따라 항상 당대를 위한 새로운 문제들을 만들어낸다. 나는 앞으로도 수시로 이 소설을 읽으며 나의 아호 소무아(笑舞兒, 웃으며 춤추는 아이)로 남아 비록 몸은 늙더라도 마음만은 "영원히 늙지 않는 소년"이 되고 싶다.

엘리엇의 유령

> 나는 불현듯 어느 죽은 스승의 모습을 보았다.
> 그는 내가 알고 있다가, 잊어서 희미하게 생각나는
> 한 사람이며 동시에 여러 사람이었다. 그 갈색으로 그을린 얼굴의
> 두 눈은 친근하면서 누군지 알아볼 수 없는
> 한 낯익은 다수 유령의 복합체의 눈이었다.
> — T.S. 엘리엇, 『리틀 기딩』(이창배 옮김)

　유령은 죽은 자의 혼령으로, 보이지 않는 세계에 살면서 어느 시점에 살아 있는 자에게 나타난다. 유령은 어떤 사안에 대해 지시나 경고를 전하지만 저승의 죽은 자와 이승의 산 자를 이어주는 영매(靈媒)이기도 하다. 동시에 유령은 죽은 자의 흔적이기도 하다. 그 흔적은 살아 있는 자에게 새로운 사유의 원천이며 행동의 시작이기도 하다. 유령의 본래 뜻은 생명의 근원, 단순한 삶의 터전이라는 의미가 아닌가? 이렇게 T.S. 엘리엇(1888~1965)의 유령은 나에게 망령(亡靈)이기보다 성령(Holy Spirit)처럼 살아 있는 영혼이다.

　엘리엇이 문학적 사망 선고를 받은 것은 그가 죽은 1965년과 대체로 일치한다. 엘리엇은 급작스럽게 사라진 것처럼 보였고 그 후 오랜

기간 그 유령조차 출현하지 않았다. 엘리엇에 대한 망각이 아직도 계속되고 있는 새천년 21세기에 나는 그 유령을 불러내고자 한다. 엘리엇 자신도 20세기 초 황폐한 서구에 새로운 문학적 전략과 비평적 실천을 위해 17세기 형이상학파 시인들을 비롯하여 "다수의 유령"을 불러내지 않았던가?

> 현재의 시간과 과거의 시간도
> 아마 모두 미래의 시간에 존재하고
> 미래의 시간은 과거의 시간에 포함된다.
> — T.S. 엘리엇, 『번트 노튼』 1~3행

엘리엇의 경우, 미래 시간이 과거 속에 있었다. 이것은 엘리엇의 "역사 감각"의 또 다른 측면이다.

나는 이미 내가 아니다. J.A. 프루프록처럼 나는 언제나 의식적 나와 무의식적 나(그대) 사이에 있음을 느낀다. 나는 이미 언제나 분열되어 있다. 그러나 나는 분열된 두 개의 나 외에 제삼자도 있다.

> 항상 그대와 나란히 걷는 그 삼자는 누군가?
> 세어보면 합쳐서 그대와 나뿐인데
> 그러나 저 하얀 길을 내다볼 땐
> 항상 그대와 나란히 걷는 또 한 사람이 있다.
> 갈색 망토에 싸여, 머리를 싸맨 채 발걸음 소리도 없이

그러나 그대 곁에 있는 자 누구인가?

이 사람은 모습을 드러내지 않은 채 제자들과 함께 엠마오로 가고 있는 부활하신 예수다. 지금까지 나의 학문적 여정과 비평적 도정에 나도 모르게 안내자였던 것은 바로 T.S. 엘리엇, 아니 그의 유령이 아니었을까?

내가 T.S. 엘리엇을 처음 접한 것은 그가 세상을 떠나고 5년 뒤인 1970년 피천득 교수의 영문학사 강의에서였다. 당시 나는 엘리엇 초기 시의 지성적 면과 단편적 형식에 강한 인상을 받은 기억이 난다. 그 후 심명호 교수의 영문학 비평 강의에서 엘리엇의 논문 「전통과 개인의 재능」을 정독할 기회를 얻었다. 현대시의 새로운 전통 수립을 위해 "역사 감각", "몰개성론" 등 이론에 대한 명쾌한 논리와 강력한 주장에 신선한 충격을 받았다. 아마도 이런 경험이 훗날 내가 문학비평과 이론을 전공하게 된 "시작"이 되지 않았을까? 대학원 시절 번갯불에 덴 듯 엘리엇을 향한 나의 학문적 혼에 울림을 준 작은 책이 있었다. 그것은 노드럽 프라이의 『T.S. 엘리엇』(1963)이었다. 이 책 서론에서 프라이는 "엘리엇에 관한 완벽한 지식은 현대문학에 관심을 가진 사람 누구에게나 필수다. 엘리엇을 좋아하느냐 싫어하느냐는 그리 중요하지 않다. 엘리엇은 반드시 읽어야 한다."라고 주장했다.

그 후 나는 한층 더 엘리엇에 온 정신을 빼앗기게 되었고 적어도 20세기 전반부터 영미 비평계를 풍미하였던 영미 형식주의 비평인 신비

형의 여러 기본 개념들에 의지하면서, 문학작품의 "자세히 읽기" 훈련을 통한 분석과 이해의 단계를 거쳤다. 나의 대학원 석사 논문은 엘리엇 초기 비형의 변증법적 양상이란 주제로 백낙청 교수의 지도를 받아 완성되었다. 이후 엘리엇은 진정한 의미에서 나의 개인적 문학 취향이나 영국 문학의 비평을 다시 읽기/새로 쓰기를 하는 데 결정적 역할을 하였다. 엘리엇은 끊임없이 나의 문학적 안목을 예리하게 갈고 닦는 비평적 숫돌이었다.

그런데도 낭만주의 시에 의해 강력한 감수성 훈련을 받았던 나는 1970년대 말 대학원 박사과정에 들어가면서 변화를 겪었다. 엘리엇의 영향으로 나의 관심은 서서히 신고전주의 문학 쪽으로 옮겨갔다. 19세기 낭만주의 문학을 어떤 면에서 혐오하고 영국 시사에서 새로운 전통을 찾아내려 했던 엘리엇의 18세기 영문학에 대한 경도는 집요했다. 엘리엇을 통해 나는 학부 때나 대학원 석사 과정에서 많이 읽지 못했던 18세기 시인 작가들에 관한 관심을 뒤늦게나마 가지게 되었고 나의 영문학 공부에 어느 정도 균형을 가져다주었다.

초기에는 영국 신고전주의 문학의 형식과 내용을 가져온 존 드라이든에게로 흥미가 끌렸다. 드라이든은 이미 새뮤얼 존슨에 의해 "영국 비평의 아버지"로 추대받았다. 그러나 후에 미국 대학에 가서 박사학위 논문을 쓸 때는 신고전주의가 끝나고 낭만주의가 시작되던 18세기 후반기라는 전환기를 살았던 새뮤얼 존슨에 더 끌리게 되어 그를 학위 논문 주제로 선택했다. 이렇게 볼 때 나의 학문적 도정이 20세기 영문

학에서 18세기 신고전주의로 이행된 것은 결코 갑작스러운 것이 아니
었다.

1970년대 말 서울의 대학에서 자리를 잡은 나는 1980년 말 뒤늦게
미국으로 공부 길을 떠났다. 그런데 그곳에는 어디에도 엘리엇이 없
었다. 그들은 엘리엇을 완전히 잊은 듯했다. 그곳은 엘리엇의 유령조
차 나타날 수 없는 척박하고 황량한 곳이었다. 당시 그들은 포스트구
조주의라는 "프랑스 이론"에 세뇌당하고 있었는데, 나는 이내 그들의
이론(Theory)의 자장권에 빨려 들어갔다. 1983년 나는 영국문화원 장학
생으로 영국에서 1년간 연구할 기회를 얻었는데, 그곳은 미국과는 문
학적 · 비평적 분위기가 매우 달랐다. 그러나 실망스럽게 그곳에서도
엘리엇은 식물인간에 불과했다. 이제 엘리엇은 나에게 비로소 죽은
자가 되었다. 나는 그 후 오랫동안 엘리엇을 잊은 채 "이신(異神)"을 쫓
고 있었다. 이 시기를 나의 지적 학문적 생애에서 "탈엘리엇기(脫Eliot
期)"라고 부를 수밖에 없다.

1986년 나는 미국에서 철저하게 영국적 전통 안에 있었던 새뮤얼
존슨 비평의 현대적 의미에 관한 박사학위 논문을 시작하여 그 이듬해
에 완성했다. 당시는 이미 프랑스식 해체론의 퇴조가 시작되고 신역
사주의가 등장하고 있었으므로 나는 프랑스 망명을 마치고 다시 도버
해협을 힘겹게 건너고 있었다. 10여 년 전 엘리엇을 통해 존슨으로 올
라갔던 길을 이번에는 존슨을 통해 다시 엘리엇에게로 내려올 수 있었
다. 엘리엇은 "존슨은 무시하기에는 너무나 위험한 인물"이라고 평가

한 바 있다. 하지만 이번에 나는 "읽지 않기에는 너무나 위험한 인물"인 엘리엇에게로 다시 돌아오고 있었다. 억압된 것은 언제가 다시 돌아온다고 했던가?

나는 나에게 이미 죽어 있던 엘리엇의 유령을 찾아 나섰다. 그의 시를 다시 읽고 그의 비평을 새로 읽었다.

> 죽은 자의 의사소통은
> 산 자의 언어 이상으로 불이 붙어 나올 것이다.
>> ─ T.S. 엘리엇, 『리틀 기딩』

프랑스 이론과 대적하여 경험주의적이고 역사적인 영국 비평의 전통을 되찾기 위해 나는 엘리엇의 유령을 불러내고자 했다. 그럴 때마다 그는 언제나 내 곁에 나타나 나를 인도했다. 왕자 햄릿이 부왕 유령의 말을 듣듯, 나는 엘리엇 유령의 지시를 따랐다.

> 나를 동정하지 말라, 진지하게 들어라.
> 내가 말하는 것을.
>> ─ 셰익스피어, 『햄릿』 1막 5장, 5~6행

20세기 영미 시의 새로운 혁명을 주도한 위대한 쇄신의 시인 엘리엇의 실천비평적 논의는 추상적이고 난삽한 프랑스 비평이론을 압도

하기 시작했다. 죽은 자의 말이 이제 "산 자의 언어 이상으로 불이 붙어" 나오고 있었다. 엘리엇은 『『햄릿』과 그의 문제들』이란 유명한 비평에서 비극 『햄릿』을 "예술적으로 실패한 작품"으로 선포했다. 그 이유는 햄릿이 자신의 감정을 객관적으로 재현할 수 없었기 때문이다. 그렇다면 엘리엇이 제시한 "객관적 상관물"을 찾지 못한 햄릿의 실패는 엘리엇의 비평학을 새롭게 수립하지 못한다면 결국 나의 실패가 되지 않겠는가. 나는 부왕의 유령이 하는 말을 믿지 못하고 반미치광이가 된 햄릿처럼 주저하고 싶지 않다.

> 아니다! 나는 햄릿 왕자가 아니다. 될 처지도 아니다.
> 나는 시종관, 행차나 흥성하게 하고
> 한두 장면 얼굴이나 비치고
> 왕자에게 진언이나 하는, 틀림없이 만만한 연장,
> 굽실굽실 심부름이나 즐겨 하고,
> 빈틈없고 조심성 많고 소심하고
> ― T.S. 엘리엇, 『J.A. 프루프록의 연가』 111~116행

나는 프루프록이 아니다. 더군다나 나는 햄릿이 될 수 없다! 엘리엇이 말하는 것과는 다른 의미에서 햄릿이 되고 싶지도 않다! 나는 어릿광대가 될지언정 질질 끌다 모든 것을 망쳐버리고 싶지 않다. 엘리엇의 유령도 분명 그것을 원치 않을 것이다. 엘리엇의 유령은 『햄릿』에

서처럼 게으른 나를 재차 격려하였다.

> 잊지 말아라. 이번 방문은
> 단지 너의 거의 약화된 목적을 다시 일깨우기 위함이다.
> — 셰익스피어, 『햄릿』 3막 4장 111~112행

이제 나는 나를 인도해주는 엘리엇의 유령과 못 할 일이 뭐가 있겠는가.

새천년 21세기의 영미 비평계는 새로운 이론과 전통이 필요하다. 문학이론계에서 20세기 후반부를 풍미했던 프랑스 사람들이 신속히 물러나고 있다. 그들이 내걸었던 구조주의, 포스트구조주의, 포스트모더니즘의 깃발은 아직 완전히 내려지지는 않았지만, 그 빛은 이미 크게 바랬다. 비평이론 담론에서 사회·역사·종교·문화가 다시 인식되고 책임과 윤리의 문제가 다시 모습을 드러내고 있다. 영미문학 비평은 이제 새로운 감수성과 "느낌의 구조"를 수립해야 한다.

프랑스 이론의 문화 식민지였던 영미 비평계는 이제 자체의 역사에서 새로운 비평의 가능성을 논의해야 한다. 영미 비평의 인식론적 토대는 경험주의와 실용주의다. 새로운 영문학 비평 전통을 우리는 필립 시드니 경, 드라이든, 존슨, 콜리지, 아널드 등 시인 겸 비평가의 전통에서 찾을 수 있다. 영미 비평의 전환기적 시점에서 우리는 다시 엘리엇과 같은 지혜의 시인 겸 비평가가 필요하다. 그는 다양한 지식이

나 추상적 논리로 무장한 문학이론가는 아니지만, 그의 비평은 과거 속으로 사라져 용도가 폐기된 비평이 아니라 오히려 아직도 살아 있는 비평 원리가 될 수 있다.

우리는 이제 엘리엇의 유령과 대화를 계속하면서 그의 후기 비평, 특히 사회, 종교, 문화비평에도 합당한 관심을 보여야 한다. 엘리엇의 유령과 함께 밧줄을 타고 춤추며 대화하는 법을 배우고 21세기를 위해 추상적 이론비평이 아닌 경험적 살아 있는 지혜의 비평을 탐구해야 할 것이다. 이것은 결국 엘리엇의 유령이 우리에게 당부하는 바이리라. 진지한 기독교 시인 비평가였던 엘리엇의 "유령"은 이제 영문학을 공부하는 우리에게 하나의 "성령"처럼 강림할 때가 된 것이 아닐까?

엘리엇의 문학과 비평은 하나이면서 여럿인 친근한 "복합적 유령"처럼 갈라지며 타오르는 불길 같은 혀로 우리에게 다시 감동을 주어 우리 각자가 자기식으로 목소리를 내고 독창적으로 각각의 이론을 창출할 수 있도록 탈주의 선과 변형의 힘을 끈질기게 부여해주리라.

엘리엇의 유령은 다면체이다. 그는 사실 단순한 문학비평가만이 아니고 문명 및 문화 비평가이기도 했다. 우선 그는 1922년 20세기 세계 시단에 엄청난 영향을 끼쳤던 장시 「황무지」를 쓴 위대한 시인이다. 그러나 엘리엇은 문명비판적이고 종교적인 길고 장중한 주제의 시만이 아니라 짧고 재미있는 시도 썼다. 그의 시 중 「고양이들」은 뮤지컬 「캣츠」로 전 세계에서 아직도 공연되고 있다. 그러나 다재다능했던 20세기 최고의 문인 T.S. 엘리엇을 스승으로 모신다 해도 어떻게 내가 그를 따를 수 있겠는가? 햄릿은 부왕의 유령을 자정이 지난 한밤중에 만났지만 나는 엘리엇의 유령을 정오가 지난 한낮에 만나더라도 엘리엇의 유령의 수수께끼를 풀지 못했다. 아마 앞으로도 오랫동안 그럴 것 같다.

펄 벅의 수양딸, 한국계 혼혈인 자서전

나는 1950년에 시작된 6·25전쟁이 끝나갈 무렵 한국인 어머니와
참전 미국인 군인 사이에 태어났다. 그 단순한 사실로 인해 여러 방
식으로 나의 이야기를 만들었다.

— 줄리 헤닝, 『개천에 핀 장미』

『개천에 핀 장미(*A Rose in a Ditch*)』는 세 명의 어머니를 갖게 된 한국
전쟁 혼혈 고아의 자서전이다. 저자 줄리 헤닝의 첫 번째 어머니는 생
모 "엄마"다. 이 "엄마"는 6·25전쟁으로 북한에서 남한으로 내려온
탈북 피난민이었다. 한국전쟁이 끝난 후 흑인 미군이었던 순이(줄리 헤
닝의 한국 이름) 아빠가 엄마와 순이를 두고 고국으로 돌아가자 딸을 데
리고 온갖 고생을 하게 된 엄마는 결국 생존을 위해 당시 미군 기지촌
인 파주 법원리에서 미군을 상대로 몸 파는 생활을 한다. 미국에 가족
이 있었던 순이 아버지는 한국으로 다시 돌아올 수도 도와줄 수도 없
었다.

전쟁 후 황폐한 땅에 내던져진 모녀는 힘들게 연명하였으나 "엄마"
는 13세 줄리를 펄 벅 재단이 운영하는 소사(현 부천시) "희망원(Oppor-
tunity Center)"으로 보낸 후 딸의 미래를 위해 스스로 목숨을 끊었다.

아마도 자신보다 펄 벅 기회센터 희망원이 딸을 더 잘 보살펴줄 것이라고 믿고 걸림돌이 되지 않기 위해 세상을 떠났을 것이다. 때는 1967년, 이름이 정송자였던 엄마 나이는 37세였다. 역설적이게도 이 시점에 1938년 미국 여성 작가로 처음으로 노벨문학상을 받은 펄 S. 벅 여사와 인연이 닿게 되었으니, 인연은 운명이다.

펄 벅 여사는 1953년 7월 27일 휴전되자 국제적 인도주의 정신에 따라 남한에 남겨진 미국 군인들과 한국 여성 사이에 태어난 수많은 혼혈 고아를 돌보기 위해 1967년 소사에 기회센터(당시 한국명은 "희망원")를 설립하였다. 박애주의자 펄 벅 여사는 당시 중학생이고 학업 성적도 탁월한 고아 소녀 구순이를 양녀로 삼아 그녀의 두 번째 엄마가 되었다. 한국전쟁의 결과로 생겨난 혼혈 고아들에게 펄 벅 여사는 아메라시안(Amerasian)이라는 칭호를 붙였는데, 아메라시안은 넓은 의미에서 2차 세계대전과 그 이후 아시아 지역에서 일어났던 전쟁에서 미국 국적의 군인들과 한국, 필리핀, 베트남, 라오스, 태국, 캄보디아, 일본 등 미군 주둔지 여성 사이에서 태어난 "미국계 아시아인"이다. 그 후 아메라시안 용어는 미국 이민국에서 공식적으로 인정되었다.

펄 벅 여사는 구순이가 우수한 학생임을 알아채고 미국에서 제대로 된 교육을 받게 하고 싶었다. 그래서 미국 펜실베이니아주 펄 벅 여사의 저택에서 미국식 교육을 받으며 새로운 인생을 시작한 구순이는 펄 벅 여사가 타계한 1973년까지 착실하게 자신을 키워나갔고, 여사가 생을 마감한 후 대학에 입학한 구순이는 세 번째 어머니를 만나게 된다.

펄 벅 여사가 폐암으로 타계한 1973년, 헤닝은 세 번째 부모 프라이스 부부에게 다시 입양되었는데, 그들은 독실한 기독교인이었다. "줄리는 크리스천 부모에게 입양되어 예수님과의 관계를 이루게" 되었고, 그 후 대학 재학 중 만난 독실한 크리스천 남자친구 더그와 사귀면서 진정으로 신실한 기독교인이 되었다. 줄리의 남편이 된 더그는 현재 목사로 착실하게 목회 활동을 하고 있다.

줄리는 모범적이고 자애로운 목회자 남편을 사랑하고 존경하였으며, 남편을 보내주신 하나님께 깊은 감사를 드렸다. 쌍둥이 아들을 사산하는 등 고통스러운 아픔도 겪었지만 두 아들의 부모가 된 헤닝 부부는 "가족, 친구, 동료, 이웃 그리고 아직 예수님과 복음의 능력을 알지 못하는 사람들을 위해 기도"하며 살고 있다. 2017년 말, 이들 부부는 두 아들 내외와 손자들 가족 전체가 예수님을 구원자로 받아들이는 복을 받았다고 고백하기에 이른다. 어린 시절부터 한국과 미국에서 차별받는 아메라시안으로 힘겹게 살아온 줄리는 결국 신실하고 선한 그리스도인이 되어 자신뿐 아니라 주위 사람들의 사랑과 평화를 지키는 수호자가 되었다.

순이가 기독교를 처음 접한 것은 1965년 행복보육원에 있을 때 법원리 근처 캠프 로즈에 있던 미국 교회에서였다. 초등학교 6학년이던 구순이는 무슨 뜻인지도 모른 채 미국 교회에서 영어로 "거룩, 거룩, 거룩" 노래를 불렀고, 예배를 마친 후 감사하게도 보육원 아이들은 부대 구내식당에서 융숭한 대접을 받았다. 그러나 순이는 자기 엄마가 하나님이 아니라 부처님에게 소원을 빈다는 것을 알고 있었다.

순이는 교회 부목사였던 미국인 군목이 엄마와 자신에게 베푼 관심과 친절함에 크게 감동하여 나중에 그를 찾고자 무척 애쓰지만 성공하지는 못한다. 그녀는 엄마가 이 세상을 떠났을 때를 비롯해 어려운 순간마다 "아, 신이시여, 당신은 어디에 계십니까?"를 되뇌는 버릇이 생겼다.

1968년 5월 30일 서울에서 미국으로 건너간 구순이는 펄 벅 여사를 새어머니로 모시고 살면서 중·고등학교에 다녔는데, 어려움 가운데 미국 시민이 되기 위해 확실히 적응해 나갔다. 언젠가 교회, 성경, 예수에 관한 이야기를 나누면서 펄 벅 어머니는 중국 선교사였던 부모님 밑에서 자신은 성경을 통독했고 많은 성경 구절을 암송했다며 "예수야말로 어느 다른 지도자보다 신자들에게 진정으로 더 많은 명예와 위엄을 준 놀라운 인도주의자"라고 말한다. 펄 벅 여사는 부모님이 선교사였지만, 누구에게도 기독교 신앙을 강요하지 않았다.

미국으로 건너가 아시아계 미국인이 된 줄리 헤닝은 주류사회에서 벗어난 타자(the other)로서의 정체성을 누구보다 예민하게 의식하였다. 펄 벅 여사의 인도주의적 박애 사상의 영향으로 기회가 닿는 대로 미국 내 소수민족들의 권익과 복지를 위해 애쓰던 그녀는 어느 날 펄 S. 벅 재단으로부터 미국의 수도 워싱턴 D.C. 의회 청문회에서 아메라시안의 지위 향상을 위해 증언해달라는 요청을 받는다. 여기서 그녀는 아메라시안을 유전학적으로 어떻게 확인하는가를 비롯하여 법적 문제 등 많은 어려움이 있음을 알게 된다. "주님이시여, 눈 또는 머리의 색깔 때문에 삶의 불의를 직면해야 하는 이 아이들, 성인 남자들과 여자들을 도와주소서"라는 기도로 결의를 다진 줄리는 미국인들에게 아메라시안 아동들이 그들의 아들이나 남편의 아이들이라는 사실을 깨닫게 해주려고 최선을 다했다. 어린 시절부터 부모로부터 당연히 받아야 할 관심과 사랑을 받지 못한 그들을 돕기 위해 미국 사회는 여러 가지 프로그램이 필요하다고 자신의 경험을 간증하며 역설했다.

줄리 헤닝은 필라델피아 지역의 라디오 프로그램에도 출연하여 미국이나 해외에서 겪는 아메라시안들의 어려운 처지를 대변하기도 했다. 1983년 2월에는 뉴욕시 카네기 홀에서 3,000명 청중을 앞에 놓고 아메라시안들의 곤경에 대해 많은 예를 들어 설명하고 그들을 도와주는 펄 벅 인터내셔널의 전신인 펄 벅 재단의 활동도 소개했다. 줄리 헤닝은 1993년 마침내 정식 수학 교사로 가르칠 수 있게 되었는데 아이러니하게도 아메라시안이기에 소수민족 우대 정책으로 쉽사리 정식 직업을 갖게 되었다. 그 후 아들들은 대학에 진학하고 미식축구 선수로 뛰는 등 가정생활은 안정되고 평화로웠다.

어느 금요일 그녀는 펄 벅 인터내셔널 책임자에게서 중요한 전화를 받았는데, 그것은 한국에 가서 당시 한국 대통령 부인인 이희호 여사에게 "올해의 펄 S. 벅 여성상"을 수여해달라는 요청이었다. 1950년대

60년대 고국인 한국에서 혼혈로 무시당하고 차별당한 아픈 기억들이 엄습했지만, 여하튼 줄리는 두 번째 어머니 펄 벅 여사의 이상과 꿈의 결정체인 펄 벅 인터내셔널을 대표하여 고국으로 돌아가 많은 사람 앞에서 연설하고 더욱이 모국의 대통령 부인에게 펄 벅 상을 수여할 기회를 지나치기 어려웠다.

줄리는 2001년 1월 12일 대한항공 비행기로 한국을 향해 남편과 함께 출발했다. 실로 33년 만에 다시 고국 땅을 밟은 그녀는 청와대 정찬에서 "한국에 대한 추억들, 가난 그리고 엄마의 죽음, 펄 벅 어머니와의 만남, 그리고 미국으로 건너가 가정을 이룬 것까지 자신의 이야기"를 전했다. 이 얼마나 큰 명예인가. 그녀는 "엄마"와 펄 벅 어머니를 다시 한번 생각하며 감사기도를 드렸다. 펄 벅 인터내셔널의 제휴 기관인 1955년 설립된 홀트양자회와 펄 벅 기념관이 있는 부천시를 방문한 줄리 헤닝은 펄 벅 어머니가 주신 PSB 이름이 새겨진 여행 가방을 펄 벅 기념관에 기증했다.

그 후 줄리는 300여 개 학교와 교회와 시민단체에서 아메라시안에 대한 이야기를 나누었고 한국과 중국을 포함하는 아시아의 다양한 TV 프로그램에서 자신의 이야기를 전했다. 2006년에는 당시 미국 대통령 부인 로라 부시에게 "올해의 펄 S. 벅 여성상"을 직접 수상하는 영광도 가졌다. 2018년 부천에서 개최된 제1회 부천 펄벅국제학술심포지엄의 기조연설자로 초청되었으나 참석은 못 하고 대신 7분짜리 영상 환영사를 보냈다. 줄리 헤닝은 이제 펄 벅 여사의 뜻을 이어받아 나머지

생애를 아메라시안들의 권익 신장, 나아가 세계 주변부 타자인 소수
자들의 평등과 화해를 위해 사랑을 실천하며 살아갈 것이다.

　줄리 헤닝은 타고난 현란한 이야기꾼은 아니다. 한반도의 해방 공
간과 6·25전쟁 이야기의 전개가 단조롭고 기술적(記述的)이지만 독
자는 이 자서전을 읽으며 6·25전쟁 후 한반도의 정치 문화적 상황에
"역사의식"을 장착해야 하리라. 이것이 바로 독자가 적극적 참여를 통
해 텍스트의 완성을 이루는 것이 아니겠는가? 독자는 하나의 텍스트
안에 숨겨진 의미를 찾아내는 보물찾기 놀이만이 아니라 텍스트에 벌
려진 "틈"과 간극을 우리의 경험과 비전으로 채워 넣어 함께 텍스트를
만들어가는 역할을 할 수 있다.

　자서전이란 담론은 문학과 역사의 혼합체이기에 『개천에 핀 장미』
에 노출되지 않은 틈까지 파고들어 그 텍스트의 문화와 역사의 맥락
속에서 다시 읽어야 한다. 이 작은 자서전에는 의외로 인류의 커다란
"야만의 역사"가 깔려 있다. 전쟁, 고아, 빈부, 차별 문제는 물론 까다
로운 인종 문제까지 끼어 있다. 물론 이 작은 이야기 속에 들어 있는
공감, 사랑, 헌신, 인권, 과거에 대한 회고, 현재에 대한 성찰 그리고
미래에 대한 비전을 그려야 할 테지만 말이다.

　줄리 헤닝은 자신을 "개천에 핀 장미 한 송이"로 불렀다. 여기서 개
천은 일반적으로 더러운 물이 흐르고 때로 악취까지 나는 도랑이다.
그러나 이 자서전의 후반으로 갈수록 "개천에 핀 장미"가 아니라 좀
더 깨끗하게 정화된 시냇가에 핀 들꽃 인상을 받는다. 『개천에 핀 장

미』는 흔히 우리가 알고 있는 정치가, 배우, 운동선수, 장군, 재벌가, 학자 같은 저명한 사람이 쓴 회고록 또는 자서전이 아니다. 보통 여자 아니 한국 사회에서는 혼혈아로, 미국 사회에서는 인종적 타자로 지내온 "삶의 이야기"라는 데 큰 의미가 있다.

자서전은 한 개인의 이야기지만 한 사회의 하나의 문화와 역사이기도 하다. 1950년 발발한 한국전쟁의 결과로 태어난 혼혈 여성의 사적 이야기는 한반도의 공적 기록에 편입될 수 있으리라. 한 개인이 겪은 일은 모두 당대의 사회·정치·경제·문화와 밀접하게 관련되어 있기에, 이런 의미에서 줄리 헤닝의 작은 자서전은 6·25전쟁을 전후로 한 한반도 역사를 드러내는 "구체적 보편"의 서사다.

20세기 또는 21세기 글쓰기 영역의 차별화와 확대가 일어남에 따라 장르 확산이라는 화두가 등장했고, 새로운 민주주의 사회에서는 천재적 독창적 시인, 작가가 아니라도 문인(文人)이 될 수 있게 되었다. 여태껏 소외당했던 주변부 장르의 활성화가 필요한 지금, 문학의 경계를 시, 소설, 희곡뿐 아니라 다양한 글쓰기 장르로 확산시켜야 한다.

이런 의미에서 줄리 헤닝의 특별한 자서전은 미국의 소수민족 여성 담론으로 주목받고 인정되어야 한다. 처음으로 한국에 소개되는 6·25전쟁 아메라시안 고아의 자전적 이야기를 통해 우리 문단에 자서전에 관한 관심이 퍼지기를 기대한다. 나 자신은 70여 년 이상을 큰 일 한 것도 없이 그럭저럭 평범하게 살았다. 그러나 언젠가 나도 지적

자서전이나 영적 자서전을 쓸 수 있다면 얼마나 좋을까? 모든 글쓰기
는 본질적으로 '자서전적'이라는 말이 있기는 하지만 말이다.

"동물 되기"의 시적 상상력 : 사슴과 연어

> 인간의 역사에 있어서 동물은 단순히 주변적인 존재가 아니라 끊임없이 우리의 삶을 함께 구성해 온 존재이기 때문에 우리가 사는 세계를 올바로 이해하기 위해서는 인간의 역사적 발전에 있어서 동물이 수행한 역할을 살펴보는 것이 필요하다.
>
> — 정항균, 『동물 되기』

시는 언제나 새벽처럼 나를 깨운다.

자꾸만 잠들려는 나의 영혼을 건져내어 위로 끌어올린다. 시는 곤고한 나의 삶을 위무하고 소생시키고 어떤 때는 나를 고양, 승화시켜 새로운 세계로 초대하기도 한다. 시는 산들바람이 산 중턱에 서 있는 나를 스쳐가며 내는 현(絃)을 울리는 음악 소리다. 그 바람 소리와 그 음악 소리로 나는 불현듯 현실에서 벗어나 알지 못하는 신비와 비전의 차원으로 올라가기도 한다. 시는 영감이라는 바람을 타고 문자라는 악기에 실려 울려 퍼지는 음악으로, 음악은 실로 신이 피조물에 내린 치유와 지혜의 선물이다. 음악은 시의 정수이며 시는 이미 언제나 음악을 꿈꾸지 않는가.

사슴 되기 : 우리는 지구 생명 공동체의 한 가족이다

윤의섭의 시 「사슴 죽이기」는 "신음"으로 시작하여 "신음"으로 끝나는 암울한 분위기를 보여준다. 이 시의 화자는 "아기 울음 같은" 신음으로 "잠"에서 깨어난다. 시인은 "혼자" 잠에서 "깨어난 듯"하다. 여기서 "깨어난 듯"하다는 말은 이부자리를 훌훌 털고 일어나는 것이 아니라 마지못해 억지로 일어나는 모습이다. "신음"과 "울음" 같은 "아픈 일"이 계속되면 "이야기"가 되고 "시"가 된다. "고통의 뿌리"로부터 신음이 "간신히 새어 나"와 끝내 울음으로 변한다. 시인의 신음이 사슴의 신음처럼 지구의 진동으로 이어져 모든 이웃에게 전달되고, 그 울음은 아기의 울음으로 이어져 지구의 모든 생명 공동체를 적시는 "비"가 된다.

그 울음소리를 "귓가"뿐 아니라 "몸 안에서부터" 듣는 시인은 감수성과 상상력이 보통 사람보다 탁월하다. 어떤 시인이 말했듯이 상상력은 "나 아닌 타자에 대한 공감" 즉 관심과 배려가 아니겠는가? 그래서 시인은 농장에서 본 사슴의 울음을 그냥 지나칠 수 없어, 사슴 울음을 아기 울음으로 섬세하게 느끼고 결국은 자신의 직접 경험으로 받아들인다.

사슴이란 동물을 가장 연약한 인간 아기로 변형시킨 것은 바로 시인의 상상력이 가져온 시적 결과다. 이 얼마나 갸륵한 변형인가? 그저 인간이 이용하기만 하는 한 하잘것없는 짐승의 울음으로 치부하지 않는 것이 시인의 책무인 것처럼 말이다. 투박하기만 한 나로서는 사슴 울음을 사랑스럽고 연약한 아기 울음으로 느낄 수 있는 시인의 특별한 감수성이 부럽기만 하다.

이 시를 통해 우리가 지구의 생명 공동체의 일원인 동물들에 대해 지나칠 정도로 이용가치와 사용가치에만 함몰되어 있음을 깨닫는다. 인간은 기껏해야 "이성이 가능할 뿐"인데도 자신을 "이성적 동물"로 선언하며 이웃인 동물을 너무나 학대, 아니 학살하는 것이 아닌가. 우리는 지구상의 수많은 동물 중 소, 닭, 돼지, 양, 말, 사슴, 곰에만 특별한 관심을 기울이는데, 그들이 노동력이나 (건강) 식품으로 이용가치가 크기 때문이다. 전 지구적으로 얼마나 많은 가축이 축산이란 이름으로 사육되고 살해되어 먹거리가 되고 있는가. 다른 야생동물들은 동물원에서 우리의 눈을 즐겁게 해주고 있다. 또 수많은 개와 고양이 등이 애완동물이란 핑계로 인간의 감정 소비를 위한 위장된(?) 애정의 대상이 되고 있는데, 우리가 정말로 이 동물들을 위해 곁에 두고 키우는지 다시 생각해본다.

이 시의 소재는 "사슴 죽이기"다. 농장에서 자행되는 사슴 학대는 사슴의 피와 살을 섭취하기 위함이다. 사슴 사육이 사슴이란 생명체에 대한 존경심은 결코 아니다. 인간중심주의는 전 지구 생명체 평등주의와 반대 개념이다. 인간이 동물의 왕이 되어 3,000만 종 생명체 "종의 다양성"을 가진 지구 전체를 망가뜨리고 있다. 인간 동물은 다른 동물 죽이기를 멈춰야 한다. 동물 죽이기는 결국 사람 죽이기일 뿐이다!

「사슴 죽이기」를 통해 "동물 되기"를 실천해보면 어떨까. 동물 되기란 지구의 생명 공동체 일원으로 동물과 공감하고 상생하는 것이다. 그러니까 사슴 죽이기가 아니라 "사슴 되기"의 "대전환"이 일어나야 한다.

사슴은 누구인가? 무엇인가? 사슴은 얼마나 깔끔하고 날렵한 순수한 동물인가? 사슴은 그저 두뇌가 혼란에 빠져 사유가 정지되고 눈이 어두침침해 잘 보이지 않는 인간에게 피와 고기를 공급하는 이용가치만 있는 것일까? 발상의 "대전환"을 통해 사슴의 신음을 공감하는 인간의 사슴 노래로 승화되면 어떨까? 사슴의 죽음이 인간과 함께 사는 사슴의 삶으로 고양되면 아기의 신음이 기쁨의 미소가 되고 아기의 죽음이 축복의 생장(生長)으로 전환되는 것은 아닐까?

이 시의 마무리를 주목해보니, 시인은 "가장 선한 죄의식"을 제시한다. "사슴 죽이기"라는 살생의 죄를 범한 우리를 죄의식으로 초대한다. 잠깐의 동물 학대와 살육에 대한 반성과 성찰로 우리의 잔학행위가 멈추면 얼마나 좋을까? 동물 학대의 죄의식까지만 가도 일단 성공일까? 하지만 이 시의 마지막 연은 희망이 아니라 절망이다.

신음이 멈추지 않아
불가역적 뿔이 계속 돋아나고

사슴의 신음이 계속되는 걸 보니 선한 죄의식이 들었다 해도 그것은 잠깐일 뿐이다. 죄가 회개로 이어져 변화되는 게 아니라 멈추지 않는 동물 학대라는 인간의 죄가 누적되어 돌이킬 수 없는 뿔이 계속 돋아날 뿐이다. 죄가 반복되며 쌓인 결과물인 굳은 뼈는 뿔로 변형되어 죄가 계속된다. 뿔을 깨뜨리는 "사슴 되기"는 결국 "사람 되기"가 아니겠는가?

연어 되기 : 연어의 꿈은 우리의 꿈이다.

다음으로 김인숙의 시 「연어 캔」을 읽어보자.

우리는 연어의 일생을 잘 안다. 태평양산 어족에 속하는 한국 연어는 우리 강에서 태어나 몇 달 자라다가 강 하구로 나가 동해에 이른다. 동해 연안을 따라 북쪽으로 올라가 일본 홋카이도 앞을 지나 광활한 북태평양에서 다른 친구들과 만나 대가족을 이루고 몇 년을 자유롭게 살아간다. 그러다 알을 낳기 위해 엄청난 거리를 거꾸로 되돌아 자신이 태어난 강으로 돌아오는데, 이것이 바로 모천회귀(母川回歸)다. 연어는 자신이 태어난 강의 냄새를 기억해낸다니 믿을 수 없는 일이다. 그것은 신이 주신 놀라운 회귀본능이리라. 암수 연어는 어릴 때 살던 강으로 역류하여 되돌아와 산란 수정하고는 일생을 마감한다. 얼마나 길고 긴 유목민적 삶의 끈질긴 여정인가.

연어는 우리에게 소중한 음식 자산이고 맛 도락을 제공한다. 붉은

분홍빛 색깔의 연한 살이 주는 참신한 맛은 쉽게 잊을 수 없다. 연어
양식으로 엄청난 양의 연어를 수확하고 소비하고도 모자라 통조림으
로 만들어놓고 두고두고 언제라도 아무 데서나 먹는다. 시인은 이 지
점에서 독자를 개입시킨다. 통조림 캔 속에 들어 있는 연어는 "고이 잠
들어 있는 한 일생"을 간직하고 있다. 그 일생에는 강과 동해와 북태
평양의 싱싱한 추억이 비늘처럼 번쩍인다. 첫 연에서 시인이 우리에
게 깨우지 말라고 요구하는 것은 그만큼 연어의 일생을 소중히 여기는
까닭이고 통조림 속 "연어의 꿈"이 쉽사리 먹잇감으로 부서지지 않게
함일 것이다.

시인은 결국 2연에서 우리에게 연어를 놓아주라고 요구한다. 대자
연에서 벗어나 도시의 푹신한 소파에서 한가하게 지내는 우리의 모습
은 "세찬 물살"을 "역류하는" 연어의 세계와 대비된다. 우리는 연어의
삶의 역사를 거의 기억해내지 못하기 때문이다. 시인은 태어난 강으
로 다시 돌아오는 연어의 고된 사랑의 수고를 "아름다운 파문"으로 소
개한다. 이 모천회귀의 결과는 산란 수정 후 "죽음"이지만 이 연어의
죽음은 단지 슬픔이 아니라 생명의 "영원회귀"의 기쁨이리라. 여기서
"죽음의 행로를 잘라야" 한다는 시인의 요청을 어떻게 받아들여야 할
것인가? 그것은 자연 속에 사는 인간이란 동물의 정경교융 원리에 따
라 공감의 정점인 "연어 되기"일 것이다. 우리 자신이 연어가 되어보
면 연어의 죽음에 조금이나마 보상할 수 있지 않을까?

연어가 만들어내는 "아름다운 파문(波紋)"은 무엇일까? 여기서 파

문은 해수 위에 이는 물결이지만 모양을 보면 "주름"이다. 연어가 만들어내는 파문은 단순한 무늬가 아니라 구겨져 얽혀 있는 흔적이다. 주름은 연어 이야기의 다양체이며 바다에서 연어가 만드는 파문은 맛과 멋이 있다. 주름은 또한 곧은 단일체가 아니라 굴곡진 복합체이다. 통조림 깡통에 차곡차곡 쌓여 있는 조용한 연어의 모습에서 과감히 탈주하여 대양을 배회하며 포효하던 연어의 원래 모습으로 비상시켜야 한다. 시인은 이 시에서 통조림 깡통 속 연어를 통해 극도로 박제된 일상성의 자동인식 틀을 깨고 "낯설게 하기"를 통해 우리 인식의 지평을 열어젖히는 쾌거를 이룩한다.

시인이 요구하는 "연어 되기"는 "연어의 꿈"을 "우리들의 꿈"으로 만드는 일이다. 시인이 말하는 "연어의 꿈"은 언제나 정체되어 있지 않고 "흐르거나 솟구"쳐 올라 "힘찬 꼬리"로 "거슬러 오르"는 역동성이 있다. 쉽게 잠드는 우리는 "포기"하지 말고 되살려내야 한다. 시인은 통조림 깡통 속에 조용히 들어 있는 연어에서 교활한 자본에 의해 마취된 우리의 생명력과 영혼을 힘차게 깨우기를 원한다. 연어의 꿈이 우리의 꿈이 되는 것은 결국 시인의 꿈이다.

자연 질서에 순응하여 후손들을 위해 자신의 생명을 장렬하게 버리는 연어의 최후 죽음은 진정으로 위대하고 신비롭기까지 하다. 연어의 "죽음 행로"는 실로 사라짐의 죽음이 아니라 부활과 재생의 죽음이기 때문이다. 우리가 이것을 깨닫는 것만이 연어의 "생애가 이룩한 파문"을 쏟아버리지 않고 파문이라는 주름 속에 보존하는 방식이다. 나

역시 한때 "오리너구리"가 되고 싶었다. 나의 동물 되기 꿈은 "나무 되기"와 함께 끊임없는 변신을 통한 자연과의 공생과 교감의 꿈이다.

코로나 감염 시대의 일상 회복 : 최근 시 읽기

지금 영웅도, 촛불을 든 시민도 아닌 눈에 보이지도 않는 미생물이
지구촌에 대변혁을 초래하고 있다. (…) 지금 인류사회가 맞은 최대
위기는 생명과 기후의 위기, 불평등의 극단화이다. 이 극단의 시대를
맞아 문학이 할 일은 기존 체계나 패러다임을 넘어서는 새로운 세계
의 상상을 구성하는 것이다.

— 이도흠, 「코로나 이후의 사회와 문학」, 2020

2021년 『조선일보』 신춘문예 시 부문 당선작 강우조의 「단순하지
않은 마음」은 한마디로 전 지구적 재앙을 가져온 코로나바이러스 전
염병에 대한 시적 사유다. 2020년 초부터 중국에서 시작된 코로나 사
태는 거의 1년이 지난 지금 전 지구적으로 1억 명 이상의 가까운 사람
들이 전염병에 걸렸고 200만 명이 훨씬 넘는 사망자가 나왔다. 소설이
나 평설, 에세이가 아닌 시로 이런 엄청난 미증유의 재난을 재현한다
는 것은 결코 쉬운 일이 아니다. 그래서 시 제목에 "단순하지 않은"이
라는 수식어가 붙었는지도 모른다.

시인은 1연에서부터 코로나 위기나 재앙에 대해 호들갑 떨지 않고
담담하고 의연하게 대처한다. 그저 "별일 아니야"라든가 "작은 감기

야"로 아주 "쿨"하게 시작한다. 어느 날 아침 일어났더니 눈 다래끼가 생겨 얼굴이 붉어져 있던 때처럼 몹시 놀라지 않는다. 다만 이 거대한 새로운 전염병 앞에서 "창백한 얼굴"은 "일회용 마스크"처럼 분명하게 드러날 수밖에 없다. 여기서 일회용 마스크는 하나의 "객관적 상관물"이다. 이제는 누구나 걸고 다니는 대문짝만 한 마스크는 우리가 처한 엄혹한 현실을 구체적으로 일시에 환기하는 시적 장치다. 각자의 독특한 개성이 일일이 묻어 있는 얼굴 모습은 모두 마스크에 의해 가려지고 잠겨버렸으니, 분명 위중한 상황이다. 시에 코로나 사태로 야기된 누추한 현실이 적나라하게 드러나지 않는 것이야말로 이 시인의 재능이다. 예술은 드러내기보다 감추는 게 정석이 아닌가? 처절한 이야기만 늘어놓으면 독자들은 시를 읽기도 전에 팽개칠 것이다.

시인은 2연에서 노래한다.

> 병은 이리저리 옮겨 다니면서 밥을 먹고, 버스를 타고 집으로
> 걸어오는 우리처럼 살아가다가 죽고 만다.

코로나바이러스와 그것이 일으킨 각종 전염병 징후들이 "밥"과 "버스"와 "집"에서 우리와 함께한다. 확진자가 아니라면 자가 면역력이 강해 코로나바이러스를 키우는 음성 보균자들의 몸속에서 언젠가 "죽고 만다." 여기서도 시인의 용기와 의연함이 돋보인다. 우리는 이 시를 통해 놀랍게도 이 기괴하고 부자연스러운 현실을 일상생활로 순치해

버릴 수 있다. 그러다 보면 "말끔한 아침은 누군가의 소독된 병실처럼 오고 있다." 상쾌한 아침이 병실이 되는 것은 슬픈 일이지만 "소독"되었으니 그나마 위안을 받아야 할까?

"사회적 거리 두기"가 만들어낸 "언택트"에 갇히게 된 사람들은 밤이 시작되면 "집 앞에" 탁자와 의자를 내놓고 TV로 축구경기를 본다. 독한 술은 아니라도 맥주라도 마실 만한데 술 얘기는 없고 "감자튀김"만 먹는다. 이것은 무엇인가? 코로나 사태 속에서도 일상생활의 복구와 회복이 아닐까? 코로나 전염 사태라는 거대한 사건만이 아닌 평범한 일상생활이 우리 존재의 토대가 아니겠는가? 일상적으로 축구경기를 즐기면서도 "아직 끝나지 않았다, 아직 끝나지 않았어"라고 패자를 응원한다. 이제 시인은 승자독식의 논리에서 벗어나 타자(他者)를 응원하는 공감의 시작을 보여준다. 코로나 사태에서 고투를 벌이는 중증 확진자들과 함께 바이러스 퇴치를 위해 싸우는 의료진들을 동시에 응원하는 것일까? 환자와 의료진의 바이러스와의 치열한 싸움과 비감염자들의 우울한 나날은 3연 마지막 행에서 대역전이 일어난다.

> 밤의 비행기는 푸른 바다에서 해수면 위로 몸을 뒤집는
> 돌고래처럼 우리에게 보인다.

"밤의 비행기"에 우리 모두 함께 타고 있다. 그러나 그 밤의 비행기는 하늘이라는 "푸른 바다"에서 몸을 뒤집으며 즐겁게 놀고 있는 "돌

고래"처럼 경쾌하고 역동적이다. 시인은 우울할지도 모르는 독자들에게 희망을 노래하며 가르친다. 절망은 죽음에 이르는 병이다. 희망만이 푸른 "바다"로 푸른 "하늘"로 우리를 인도하여 누추한 현실과 황폐한 시대와 대결할 수 있는 용기와 힘을 줄 수 있다.

이제 코로나에 지친 사람들은 "매일 다른 색의 빛으로 물들어가는 하늘 아래에서 … 끊임없이 모이고 흩어지고 있다." 위대한 일상으로의 복귀가 그리 멀지 않아 보인다. 시인은 제5연에서 독자들에게 일상생활을 지속할 수 있게 만든다. 시인은 여기서 끝내지 않는다. 시인이 독자들에게 소개하는 버스 승객들과 승용차 운전자, 편의점 손님들의 일상은 새롭지 못한 모습들이나 시인은 독자들에게 이 지독한 낡음 속에 역설적으로 낯선 모습을 감춘다. 이것이 이 시인의 비밀 병기가 아닐까? 평자가 보기에 결국 시인이 독자들에게 은밀하게나마 보기를 원하는 것은 코로나 사태 속에서 낡은 일상 속의 "낯설게 하기"인 것이다. 이 내밀한 낯설게 하기는 자동화된 우리의 의식화 작동을 정지시키고 일상성 속에서 낯선 것, 나아가 새로움을 보길 원한다.

시인의 기술 중 하나는 일상의 친숙한 것을 낯설게 만들거나 반대로 기이한 것을 친숙하게 만드는 것이다. 이 시에서 시인의 작업은 전자다. 인간의 사물에 대한 "인식"은 일정한 시간이 되면 관숙(慣熟)되어 사물 자체에 대한 역동적 신기함과 놀람은 점차 사라지고 습관적이고 수동적인 인식으로 전락해버린다. 시인의 작업은 습관화된 사물에 대한 인간의 인식 체계를 깨뜨리는 것이다. 우리는 시인들의 새로운 감수성과 상상력을 통해 모든 사물을 새롭게 볼 수 있다. 코로나 사태 이전에는 너무나 당연하던 일상이 코로나 시대에는 오히려 기이하고 신기하고 새롭게까지 느껴지지 않는가? 하고 시인은 광야에서 소리치는 듯하다. 최근 이 시인은 한 대화에서 "저는 누구에게 말을 거는 것도, 반응하는 것도 어색한 사람이었다. 세계를 낯설게 바라보는 감각인 이 어색함으로 오래도록 시를 쓰겠다"라고 언명한 바 있다.

이 시에서 시인은 코로나 이전의 일상이 코로나 시대에는 비-일상처럼 이상하게 보인다는 것, 나아가 이런 일상성의 소중함을 느껴보라고 하는 것이다. 이것이 재난 시대에 시인이 할 수 있는 일이다. 과거의 일을 끄집어내어 새롭게 보여주고 현재에 대안을 제시하고 치유책을 주면서 미래에 비전을 주는 것이다. 시인의 역할은 여기까지다. 이제 모든 것은 독자들의 몫이리라. 이제 시인은 우리를 염려하지 않는다. 그는 마지막 3연에서 다시 희망을 힘차게 노래한다.

　　돌아보면 옆의 사람이 없는, 돌아보면 옆의 사람이 생겨나는
　　어느새 나는 10년 후에 상상한 하늘 아래를 지나고 있었다.

코로나로 우리 곁에 사람들이 없어 보이지만 언제나 사람들이 다시 나타난다. 모든 것이 다시 정상적으로 돌아올 "10년 후"는 너무 먼 것처럼 느껴지기도 하지만 "단순하지 않은 마음"의 시인에게는 무리가 아니다.

시인은 계속 노래한다.

> 쥐었다가 펴는 손에 빛은 끈질기게 달라붙어 있었다.
> 보고 있지 않아도 그랬다.

앞에서 "밤"은 이제 "빛"으로 바뀌었다. 여기서 빛은 절망이라는 이름의 어둠과 대비되어 단순한 희망을 나타내지만 어쩌면 그 이상의 의미로 해석할 수도 있다. 빛은 미래에 대한 비전의 표상이기도 하지만 너무 밝으면 우리의 눈을 멀게 만든다. 지나친 낙관은 우리가 언제나 유의할 점이다. 하지만 이 시에서 빛은 우리 눈에 있지 않고 "손"에 달라붙어 있다. 그것도 "끈질기게" 말이다. 손에 붙어 있는 빛은 우리를 눈멀게 하지는 않을 것이다. 어두운 현실을 비추는 빛은 현명하고 부지런한 우리의 손이 조용한 열정을 가지고 분주히 일하게 할 것이다.

이 시의 마지막 연에서 시인의 희망은 "믿음"에까지 이른다.

> 내가 지나온 모든 것이 아직 살아 있다는 믿음을 가지고
> 무사히 집으로 돌아가야만 했다.

코로나 전염병 시대에 여태껏 우리가 경험해보지 못한 일들이 제아무리 놀라움을 계속해서 준다 해도 일상적인 것의 복귀와 회복에 대한

희망을 이제 믿음으로 바꾸는 시인의 마음은 참으로 바람직하다. 하지만 여기서 주의해야 할 점이 있으니, 코로나 시대의 새로운 경험들과 일상들이 새로운 정상인 "뉴 노멀(New Normal)"이 되고 있으므로 무조건 과거 일상으로의 회귀는 불가능할지도 모르고 바람직하지 않을 수도 있다는 것이다. 이번 코로나 사태를 통해 과거에 우리가 당연시했던 여러 가지 중 전부는 아닐지라도 일부는 내려놓아야 할지도 모른다. 지금까지 당연시했던 인간 문명과 문화의 양태를 근본적으로 반성, 풍자하고 비판하는 시간도 가져야 한다.

결국, 시인은 희망과 믿음을 가지고 "무사히 집으로 돌아가야만 했다." 시인에게 그리고 우리에게 집으로 돌아가야만 한다는 것은 무슨 의미일까? 집의 재발견이 아닐까? 시인은 "단순하지 않은" 복잡하고 착잡한 심정을 가지지만 그래도 "마음"을 절제하는 비둘기 같은 순수함을 드러낸다. 여기서 "집"이란 내면으로의 회귀다. 그동안 우리는 얼마나 전 지구적 자본주의니 세계시민주의니 초연결사회니 제4차 산업혁명이니 하면서 얼마나 "밖"으로 나돌았는가? 그동안 우리는 너무도 "안"을 돌보지 않고 황폐하게 내버려둔 것은 아닐까? 집으로 돌아가기 위해서 "사회적 거리 두기"는 일단은 좋은 약이 될 수 있다. 밖에서 잃은 것을 안에서 찾자. 사회의 시작이며 토대인 가정생활 회복도 포함하지만, 나 자신의 내면성에 대한 통찰력 회복이 필요하다. 우리 각자의 내면성 위기를 극복하고 바로 세울 수 있을 때 코로나 전염병 사태를 비롯하여 우리 인간이 직면한 현대문명의 수많은 난제를 해결할 수 있다.

이 시에서 화자인 시인은 코로나 전염병에 대한 불안이나 불편을 넘어 거의 태연한 태도로 일상을 회복하려는 모습을 보이는데, 그것은 집단 우울증 시대에 가히 영웅적인 자세이다. 암울하고 어두운 상황에서 시인이 용기 있게 우리를 지탱시켜주고 일상 회복의 희망과 믿음을 준 것으로 족하다. 시인은 수상소감에서 다음과 같이 말했다. "시를 쓰면서 손에 쥐었던 연필은 비의 음악을 들을 수 있는 우산이 되고, 거름이 될지 알면서도 피어나는 꽃이 되고, 세계에 팽팽히 맞서는 검이 되었습니다."

여기에서 특히 주목할 말은 "검"이다. 궁핍한 시대일수록 시인은 "팽팽한 밧줄 위에서 느린 춤을 추는" 검투사가 되어야 한다. 다른 말로 하면 재난 시대의 시인은 "둔전병(屯田兵)"이 되어야 한다. 둔전병은 변방 국경지대에서 평소에는 곡괭이와 호미를 들고 농사를 짓다가 외적이 침입하면 창과 칼을 들고 나가 싸우는 병정이 된다. 동시에 이 시인이 "어린 마음"과 "바보 같은 마음"으로 시를 "오래" 쓰기를 기원한다.

앞으로 초국가적 재난에 문학이 어떻게 대처할 것인가? 결국, 과거를 통렬히 반성, 성찰하고 현재를 냉철히 기술, 분석하며 치유책까지 제시하고 미래에 대한 대안, 나아가 비전까지 줄 수 있는 재난 문학이 시급히 수립되어야 할 것이다. 이 시 「단순하지 않은 마음」이 코로나 시대를 타고 넘어가는 진정한 재난 문학의 "시작"이 되기를 기대한다.

바람,
바람,
바람,

너는 내 귀가 좋으냐?
너는 내 코가 좋으냐?
너는 내 손이 좋으냐?

내사 온통 빨개졌네

내사 아무치도 않다

호호 추워라 구보로!

—정지용, 「바람 1」

겨울

내 마음의 지도 새로 그리기

백두산, 천지, 그리고 숭고미

> 그때 이후로 보는 힘은 언어구사력을 능가했다. 나는 보는 것을 모
> 두 표현할 수 없었다.
>
> — 단테, 『신곡』, 「천국편」 23편, 55~56행

일찍이 대동여지도를 만든 김정호는 우리 한민족의 영산(靈山) 백
두산(白頭山)을 "이 나라 산줄기의 아비"라 불렀고, 일제강점기 때 최
남선은 "우리 문화의 연원이고, 역사의 포태(胞胎)"라 했다. 백두산은
누구라도 한 번은 꼭 가보고 싶은 곳이리라.

어려서부터 꿈에 그리던 백두산 천지를 나는 운 좋게 3번이나 찾았
다. 첫 번째 등정은 우리 부부가 결혼 25주년을 맞은 1999년에 이루어
졌으며, 인천공항에서 베이징을 거쳐 만주(지린성)의 옌지(연길)시를 통
해 백두산을 올랐다. 두 번째 방문은 2015년 여름 7월 9일 "북방 사랑"
이라는 단기선교 중 수행되었다. 인천공항에서 직접 옌지로 가서 도
문을 지나 백두산을 갔다. 세 번째 등정은 뜻하지 않게 같은 해 늦가을
11월 13일 "조중 접경지역 비전트립"의 이름으로 진행되었다. 인천공
항에서 심양까지 가서 압록강 하류 동강에서 여정이 시작되었다. 압
록강에 배를 띄워 수풍댐까지 갔고, 배 위에서 가까이 보이는 북한을

위해 기도하며 남북통일을 기원한 다음 수풍댐에서 내려 버스로 백두산 입구까지 갔다. 많은 사람이 한 번도 못 가본 백두산을 세 번씩이나 올라갔으니 감사한 마음뿐이다. 더욱이 두 번은 날씨가 맑은 상태에서 백두산 천지를 모두 품을 수 있었다.

세 번째는 11월인데도 백두산 일대는 이미 한겨울인지라 처음에는 뭉게구름과 짙은 안개 때문에 백두산과 천지를 제대로 감상할 수 없을 것으로 생각했는데, 갑자기 기적적으로 백두산 정상의 구름과 안개가 잠깐 걷혀서 한층 더 감동적인 순간을 맛보았다. 사실 1999년 첫 번째 등정 이후부터 나는 백두산 등정기를 쓰고자 했으나 쓸 수가 없었고, 16년 만에 이루어진 2015년 연속 두 번의 등정 이후에도 도대체 쓰기가 힘들었다. 그 이유를 곰곰이 생각해보니 백두산과 천지의 그 장대함을 나의 좁은 사유 능력과 짧은 필력으로는 도저히 붙잡을 수가 없었던 것이다. 그러던 중 3차 등정 후 몇 년이 흐른 다음에야 간신히 다음의 글을 남기게 되었다.

첫 번째 백두산 등정은 1999년 7월 25일이었다. 동북 삼성(만주)의 조선족이 많이 사는 큰 도시 옌지를 거쳐 올라간 동북아시아 대륙에서 제일 높은 산 백두산은 열두 개의 봉으로 둘러싸여 있다. 최고봉 장군봉이 2,744미터이고 천지 둘레는 13.1킬로미터, 동서로 3.35킬로미터, 남북으로 4.85킬로미터이며 수심은 가장 깊은 곳이 312.7미터이다. 백두산의 이런 외형상의 웅대함뿐 아니라 짙은 쪽빛의 천지는 맑은 거울처럼 빛나고 조용하였으며 하늘과 구름과 주위의 봉우리들이 모두

한 폭 그림처럼 황홀한 신비함을 품고 있었다. 게다가 천지는 고지대에서는 유례를 찾아보기 힘들게 물이 화산의 분화구에서 솟아오르는 신비로운 용천수(湧泉水)다.

백두산과 천지는 창조주 하나님이 만드신 천지창조의 절정임이 분명하다. 천지는 과연 하늘의 연못이었다. 무릎 꿇고 천지 속을 한참 동안 들여다보고 있노라니 남한과 북한, 우리 민족의 발자국이 서려 있는 북간도, 연해주에 이르는 동북아 지역을 아우르고 한반도를 관통하여 1,810킬로미터 거리에 있는 한라산 백록담까지를 잇는 중심점으로서의 신화와 역사와 문명의 시원(始原)임을 강렬히 느낄 수 있었다. 첫 번째 백두산 경험은 쓸데없는 분주함 가운데 노심초사하던 일상생활에서 벗어나 별유천지(別有天地)에 온 느낌이었고, 찬사받는 단순한 아름다움을 훨씬 넘어서서 무뎌지고 메마른 영혼을 크게 울리는 "황홀감"이었다. 이때의 백두산 등정은 나에게는 단순한 여행 경험이기보다 하나의 살아 있는 순례의 "시적" "사건"이었다.

육당 최남선(1890~1957)은 춘원 이광수와 더불어 한국 근대문학의 창시자다. 그는 일본 유학 등을 통해 서양의 선진 문물을 섭렵하여 한국 최초의 근대 시 「해에게서 소년에게」(1908)를 『소년』의 권두시로 발표했다. 그뿐 아니라 육당은 조선 근대화를 추구하는 동시에 한반도 역사와 전통을 보존하려 애썼으며, 1920년대에는 한국 고유의 전통적 정형시인 시조(時調)에 큰 관심을 가지고 시조 부흥 운동을 시작하기도 했다. 기본적으로 민족주의적 조선주의자였던 육당의 「백두산 근참기(白頭山觀參記)」중 일부를 여기에 인용한다.

가장 싹싹한 맛은 딱딱한 사람에게 있는 것처럼 영원한 흑막(黑幕)
인 듯한 저 운무(雲霧)의 바다가 벗어지려 함에 따라 박사(薄紗) 한 조
각이 날려가듯 함이 그래 신통하지 아니하랴. 동자(瞳子)도 굴리지 않
고 들여다보고 있는즉, 두루뭉수리 같은 저 혼돈(混沌)에 문득 훤한
구멍이 하나 뚫어지면서 그 속에서 자금광(紫金光)이랄밖에 없는, 달
리는 형용(形容)할 수 없는, 일종의 영묘(靈妙)한 광파(光波)가 뭉싯하
게 수멀거리는데, 빛이 넓어지기 때문에 창이 커지는지? 창이 커지
기 때문에 빛이 넓어지는지? 하여간 광파와 창구멍이 손목을 한데 잡
고 영역을 마구 개척함이 마치 태평양 군도(群島)의 축일생장적(逐日
生長的) 천지개벽(天地開闢) 설화를 실지로 보는 듯하다가 남은 구름
이 바람에 쫓기는 연기처럼 이태껏 쳐져 있음이 몹시 무안스러운 것
처럼 줄달음질하여 흩어져버림에 이에 딴 세계 하나가 거기 나오는
구나!
신비만의 세계 하나가 문득 거기 넘흐려져 있구나!

1999년 백두산을 다녀온 후 나는 일생 중 가장 바쁜 나날을 보낸 것
같다. 신자유주의 천민자본주의가 가져온 피로사회의 한복판에서 쉬
지도 않고 달렸다. 가끔 휴식이나 명상을 위해 눈을 감으면 그때마다
갑자기 그리고 자주 백두산과 천지의 유장(悠長)한 풍광이 꿈속처럼
엄습하였고, 백두산의 열두 개 큰 봉우리들과 천지 그리고 하늘이 어

우러져 장대하고 심연 같은 숲의 모습이 심안(心眼)에 각인되었다. 그러노라면 나를 짓누르는 모든 심리적 억압이나 작은 영적 고통이 새 깃털처럼 가벼워지고 신령한 백두산 정상의 천지 바람이 몸과 마음을 정화(淨化)해주는 듯했다. 이것은 대자연 백두산과 천지가 나에게 주는 최고의 선물이었다.

그 후로도 종종 고단한 삶의 틈바구니에서 지칠 때면 백두산과 천지를 떠올리며 그 치유와 위로의 힘으로 몸과 마음을 추스르고 있다. 앞으로도 마음의 눈이 백두산과 천지의 신비스러운 영광을 담을 수 있는 한 나는 언제나 싱싱할 것 같다. 일찌감치 서재에 걸어둔 백두산 천지 사진을 보며 주문 외우듯 백두산과 천지를 소환해내면, 그때마다 어김없이 경이로운 정기(精氣)가 상큼하게 나를 휘감으며 내 영혼을 어떤 높은 곳으로 끌어올려준다. 백두산과 천지는 삶에 미적 거리를 만들어주고 탈영토화시키는 것일까? 그러나 여전히 백두산과 천지에 관한 어떤 글도 쓸 수가 없었다.

2015년 7월 두 번째 백두산 등정은 인천공항에서 직접 옌지로 가서 버스로 도문을 거쳐 백두산에 이르는 여정이었다. 백두산 정상의 변화무쌍한 날씨 때문에 천지를 볼 기회는 일 년에 90일 정도밖에 안 된다는데 이번에도 운이 좋아 백두산 봉우리들과 천지를 선명하게 볼 수 있었다. 중국 정부가 장백산(長白山, 중국인이 부르는 이름) 일대를 제 10대 국가 관광지역으로 선포한 까닭인지 편의시설이 많이 들어섰다.

천지 바로 아래까지 독일 지프로 서너 명씩 올라갔던 지난번과는 달리
이번에는 독일제 봉고로 여덟아홉 명씩 올라갔다. 여러 방향에서 봉
우리까지 올라가는 계단도 새로 만들어졌다. 전번에는 관광객 대부분
이 소규모 한국인이었는데 이번은 방문객 수를 통제할 정도로 중국 관
광객이 주류를 이루고 있었다.

 이번에도 백두산을 북한 쪽에서 올라가지 못하고 중국을 통해 올라
가는 게 너무나 아쉬웠다. 한반도 통일이 되기 전이라도 우리 땅을 통
해 백두산 등정을 할 수 있다면 얼마나 좋을까? 조선족 자치구인 지린
성에서 백두산으로 가는 길은 북파, 남파, 서파 세 갈래가 있는데 이번
에도 역시 북파(북쪽 산등성이) 길로 해서 중국 쪽에서 제일 높은 봉우
리 천문봉(天文峰)에 올랐다. 주봉인 장군봉이 건너편에 보였고 백두
산과 천지가 주는 웅장하고 신비로운 모습은 변함이 없었으나 첫 번째
등정 때 극도의 감격으로 갑자기 가슴이 답답해지고 말문이 막히는 그
런 인식장애와 언어장애는 경험하지 못했다.

 백두산을 세 번째로 오른 것은 같은 해 11월이었다. 4개월 사이로
한 해에 두 번이나 백두산에 오르다니! 이번에는 인천공항에서 심양
(옛날 이름은 봉천)을 거쳐 버스로 서해로 이어지는 압록강 하류 동강
이란 도시까지 이동했다. 이곳에서부터는 중간 크기의 배로 압록강을
상류 쪽으로 올라가 수풍댐에서 내렸다. 100미터 정도의 가까운 거리
에서 북한을 바라보며 통일을 기원했다.

여기에서 옛 고구려 유적지 즙안[集安]과 그 일대 광개토대왕비, 장수왕릉도 보았다. 놀랍게도 곳곳에서 중국 동북공정의 흔적이 드러나는데, 그 일대에 성벽과 망루를 하나 세워놓고 만리장성의 동쪽 끝을 그곳까지 연결해놓았으니 지독한 역사 왜곡이었다.

첫 번째 등정 이후 나는 아직도 백두산 등정기를 쓰지 못했다. 16년이 지난 지금까지도 나의 사유로, 나의 논리로, 언어로 표현할 수 없는, 나를 숨 막히게 했던 그 장엄하고 거룩하고 신비로운 초월적 힘이 어디서 온 것인지 계속 사유하고 있었다. 그 거대하고 기괴하기까지 한 마력적 경외감은 무엇일까? 그것은 다름 아닌 "숭고[미](Sublime)"의 영역이었다.

문학에서 "숭고" 개념을 처음으로 제안한 사람은 1세기 또는 3세기 그리스 문인 롱기누스(Longinus)였다. 일부가 분실된 『숭고론』에서 그는 당시로는 새로웠던 이 개념을 처음으로 설명하였다. 탁월한 문학은 단순한 설득이나 아름다움 이상의 숭고미를 촉발해야 한다고 롱기누스는 주장한다. 그에 따르면 "진정한 숭고미"란 "내적 힘이 작용함으로 영혼이 위로 들어 올려져, 의기양양한 고양과 자랑스러운 기쁨의 의미로 우리를 충만하게" 만드는 전능함이 있다. 숭고미란 일상적 존재의 경계를 넘어 우리의 영혼을 고양해 거룩한 환희의 경지로 몰입시키는 상상력이라 할 수 있다. "고상한 정서"인 숭고미를 작동시키지 못한다면 어떤 문학도 진정으로 위대한 문학이 아니다.

롱기누스는 "고상한 정서는 광증의 폭풍으로 표면으로 상승하여 연사의 말 속에서 일종의 신적 영감이 살아 숨 쉬게 한다"고 언명한다. 신적 영감을 작동시킬 수 있는 문학만이 진정한 문학이라는 말이다. 수사학자 롱기누스는 숭고미가 상실된 자기 시대에 자유 억압, 돈 사랑, 용서할 줄 모르는 오만, 쾌락이나 칭송받는 일 이외에 대한 무관심, 이웃을 돕지 않는 사랑의 부재 등이 영혼을 지치게 하고 영혼의 장엄함을 몰락시킨다고 보았다. 롱기누스의 숭고미 사상은 18세기 영국의 정치 철학자 에드먼드 버크의 『숭고미와 아름다움에 대한 철학적 논구』(1757)로 이어졌고 독일 철학자 칸트 미학의 결정판 『판단력 비판』(1790)에서 화려하게 부활하여 재론된다. 20세기 들어서서는 프랑스의 포스트모던 철학자 장 프랑수아 리오타르에 의해 "탈근대 숭고미"로 다시 한번 부활하였다.

오늘 내가 숭고미론을 다시 꺼내는 것은 롱기누스가 숭고미를 단순히 수사적·문학적 가치로만 보지 않고 윤리적 경지로까지 끌어올린 데 있다. 이것은 일종의 미학의 윤리화일까? 숭고미의 윤리학은 수사적 방법이나 문학적 법칙이나 도덕적 규례를 넘어서서 궁핍한 시대와 현실을 단순히 초월하지 않고 타고 넘어가는 포월(匍越)의 경지로 이끈다. 범위를 좁혀 우리 시대 문학을 보더라도 우리는 과연 영혼을 고양하여 우주의 신비로움까지 감지할 수 있는 경지에 와 있는가? 순수와 참여의 이분법을 넘어서는, 온갖 진영 논리를 벗어나는, 다양한 파당들을 품고 넘어갈 수 있는 사유의 시공간은 없는가? 우리는 영혼이 발 디디고 있는 현실을 떠나 공중에 떠 있는 고양된 상태로만 살아갈 수는 없을 것이다. 그렇다고 질척한 시장 바닥에서 뒹굴 수만도 없다. 이것이 2015년 여름 백두산과 천지에 다시 올라가 꼼꼼히 생각했던 질문들이었다.

백두산과 천지의 숭고미는 연전에 보았던 남미의 이구아수폭포나 중국의 장가계의 것과는 확연한 차이가 있다. 백두산 천지 "사건"은 무엇인가 알 수 없는 신비스럽고 비밀스러운, 표현할 수 없고, 재현할 수도 없는 어떤 거룩한 경외감으로 우주의 장대함과 심오함을 일부나마 느낄 수 있는 마법적 "정경교융(情景交融)"의 신비한 체험이다. 우리의 예술과 문학이 이런 숭고미의 경지를 추구한다면 무겁고 답답한 일상사를 벗어나 우리 자신을 낯설게 함으로써 새로운 경지에 이르러 기쁘고 의미 있게 살아낼 수 있지 않을까? 세 차례 백두산 등정을 "숭고"와 어렵게 연결하며 1999년 첫 등정 이래 거의 20년 가까이 쓰지 못하던 나의 백두산 등정기를 이렇게나마 일단 끝내고 나니 마음이 홀가분하다.

내가 만난 예수님

맘에도, 얼굴에도, 행동에도 사랑을 표현하여 가정에서 식구를 대할 때나 동리에서 이웃 사람을 대할 때나 선한 사람이나 악한 사람이나 어떤 사람을 대하든지 사랑으로 하여야 우리의 목적이 이루어질 것이외다.

— 도산 안창호, 「기독교인의 갈 길」(1937년 1월 : 도산 선생이 동우회
사건으로 구속되기 전 평양감리교회에서 강론한 내용의 일부)

내가 예수님을 만난 것은 지금부터 36년 전 1984년 12월 초 어느 날 늦은 오후였고, 만난 곳은 미국 위스콘신주였다. 당시 나는 밀워키시 위스콘신대학교에서 영문학 박사과정을 밟고 있었다. 그때 나는 초등학교 다니는 두 딸과 함께 살고 있었고, 아내는 미국에 올 준비를 하고 있었다. 어느 토요일 위스콘신 북쪽 플리머스라는 작은 도시로 지인의 집을 방문하여 하루를 묵고 다음 날 오후 늦게 출발하여 밀워키로 돌아오고 있었다. 그날따라 보슬비가 온 뒤라 길도 미끄럽고 1차선 시골길이라 운전하기가 쉽지 않았다.

그러던 중 순간적인 핸들 조작 실수로 자동차가 반대편 길옆 도랑으로 미끄러져 처박혔다. 뒷좌석에 타고 있던 딸아이들은 다행히 안

전띠를 매고 있어서 다치지는 않았다. 내가 몰던 차는 완전 철제로 된 1972년형 대형 포드차로, 정말 튼튼한 차였다. 그 차는 내가 유학하던 대학의 경영학과 교수로 계시던 한국 교포에게서 선물로 받은 것으로, 차종은 그란 토리노(Gran Torino)였다. (이 차는 2008년 클린트 이스트우드가 감독하고 주인공을 맡은 영화 〈그란 토리노〉와 같았다. 미국의 위대한 과거에 대한 향수를 지닌 진정 보수주의자 주인공 코왈스키 그란 토리노가 등장하고 자동차를 다시 보니 감회가 새로웠다.) 길가에 농장 담으로 쳐놓은 철조망이 약간 파손되어 있었다.

문제는 휴대전화가 없던 시절이라 어디에도 연락할 방법이 없었다는 사실이다. 그저 지나가는 차를 세워 근처에 있는 견인차 호출을 부탁하거나 간혹 지나가는 경찰 순찰차를 기다리는 수밖에 없었다. 일요일 늦은 오후라 시골길을 지나가는 차들도 많지 않아 손을 흔들고 구조를 요청했지만 서는 차는 없었다. 그래서 경찰 순찰차만을 마냥 기다리는 수밖에 없었다. 나로서는 시간이 흐를수록 초조해질 수밖에 없었고, 뒷좌석의 어린 딸들은 걱정으로 얼굴이 창백해지고 있었다.

그때 마침 젊은 아이들 서너 명이 탄 승용차가 지나갔는데, 16, 17세쯤 되어 보이는 남자아이들이 처박힌 차 옆에 서 있는 나를 보고 놀려대기 시작했다. 기분 좋은 듯 떠들며 "Chink, Go home!(뙤놈, 네 나라로 돌아가!)" 하고 소리 질렀다. 나를 중국인으로 오인한 것이다. 당시 도시에서는 외국인 혐오 발언을 공개적으로 하지는 않았는데, 오히려 외진 농촌 지역에서는 노골적으로 인종차별적 언동을 서슴지 않았다.

거의 신변의 위협마저 느낄 정도였다. 혼자라면 어떤 모욕이나 해악도 참을 수 있겠지만 어린 딸들이 걱정되었다. 하지만 다행히 그들은 소리 지르고 떠들다가 그냥 떠났다.

　대책 없이 얼마를 더 기다렸을까? 그날따라 가끔 마주치던 경찰 순찰차도 보이지 않았다. 날이 곧 어두워질 텐데, 불안과 초조함은 더해 갔다. 다음 날 딸아이들 학교 갈 준비도 해야 하고 나도 오전에 대학 강의가 있는데. 그런데 얼마 후 어떤 차가 지나가다가 내가 손을 흔들어 세우지도 않았는데 스스로 정차하더니 어떤 백인 남자가 차에서 내렸다. 온화한 모습의 50세 내외로 보였는데, 그는 내게 상황을 묻고는 그 자리에서 자기가 도와주겠다고 했다. 얼마 후 견인차가 도착하여 처박힌 차를 끄집어내어 좀 떨어진 자동차 수리시설을 갖춘 주유소로 옮겼다. 두 딸과 나는 그의 차를 타고 주유소까지 따라갔다.

　주유소에서 그는 내 차의 기본 사항을 점검하는 비용까지 내주었다. 다행히 자동차는 오래된 중고차였지만 철제 대형차여서 그런지 바퀴에 약간 충격이 있던 것 외에는 큰 문제가 없었다. 그 신사는 나에게 밀워키까지 조심해서 차를 몰고 가고 다음 날 당장 바퀴 전문 수리점에 가서 차를 점검하라고 일러주기까지 했다. 여러모로 너무나 고마웠던 나는 그분의 성함과 연락처를 물었다. 나중에 감사를 표하고 경비도 돌려주고 싶었다. 그렇지만 그 사람이 여러 차례 나의 간청을 완곡하게 거절하는 바람에 나는 할 수 없이 그냥 돌아설 수밖에 없었다. 이미 날은 어둑해졌고, 그날 밤 밀워키에 무사히 도착한 우리 셋은 지극히 긴장된 시간을 보냈으나 모두 잘 자고 아침에 일어났다. 아이들을 학교에 데려다준 다음 나도 대학으로 출근했다.

당시 그 신사가 누구인지 몰랐던 나는 그저 외국인에게 상당히 친절한 백인이라고만 생각했었다. 몇 년 후 귀국한 후에야 나는 어느 일요일 오후 위스콘신 북부 어느 시골길에서 만난 그 사람이 바로 예수님이라는 사실을 뒤늦게 깨달았다. 예수님이 십자가에 달려 죽은 지 사흘 만에 부활한 후 엠마오로 가는 제자들 앞에 나타났는데, 그들은 그분이 예수님인지 알아보지 못했던 게 떠올랐다.

> 그날에 그들 중 둘이 예루살렘에서 이십오 리 되는 엠마오라 하는 마을로 가면서 이 모든 된 일을 서로 이야기하더라 그들이 서로 이야기하며 문의할 때에 예수께서 가까이 이르러 그들과 동행하시나 그들의 눈이 가리어져서 그인 줄 알아보지 못하거늘
>
> ─「누가복음」 24 : 13~16

이보다 앞서 남자 제자들보다 더 열성적으로 예수님을 믿고 따랐던 막달라 마리아는 예수님을 장사한 후 시신이 있던 동굴에 처음 들어가 시신이 사라진 것을 알았다. 막달라 마리아가 무덤 밖에 서서 울고 있다가 두 천사가 나타나고 그 뒤로 예수님이 나타났으나 처음에는 알아보지 못했다. "뒤로 돌이켜 예수께서 서 계신 것을 보았으나 예수이신 줄은 알지 못하더라." 의심 많은 제자 도마는 부활하신 예수님을 믿지

못했으나 예수님께서 "네 손을 내밀어 내 옆구리에 넣어보라"(「요한복음」20 : 27) 하시니 그때야 믿게 되었다. 그 후 부활하신 예수님은 갈릴리 호수에서 고기 잡는 일곱 명의 제자에게 나타나셨지만 "날이 새어갈 때에 예수께서 바닷가에 서셨으나 제자들이 예수이신 줄 알지 못하는지라."(「요한복음」21 : 4)

이를 볼 때 미국 위스콘신 시골길에서 현현하신 예수님을 믿음이 약한 내가 알아보지 못한 것도 무리는 아닐 터이다. 우리는 눈에 보이는 것만 믿으려고 한다. 그 후 나는 일상생활에서 여러 모습으로 나타나 역사(役事)하시는 예수님 만나기를 게을리하지 않고 있다. 「히브리서」11장 1절, "믿음은 바라는 것들의 실상이요 보이지 않는 것들의 증거니"가 나의 신앙 좌표가 되었다. 나를 도와준 그 신사는 예수님 자신이든가 예수로 변신한 성령일 것이다. 예수를 알아보지 못한 나는 얼마나 믿음도 약하고 영안도 어두웠던가!

"선한 사마리아인"의 비유가 떠오른다. 「누가복음」10장 29절에서 한 율법교사가 예수께 "내 이웃이 누구니이까?"라고 물었다. 예수는 다음과 같이 대답한다.

그 사람이 자기를 옳게 보이려고 예수께 여짜오되 그러면 내 이웃이 누구니이까 예수께서 대답하여 이르시되 어떤 사람이 예루살렘에서 여리고로 내려가다가 강도를 만나매 강도들이 그 옷을 벗기고 때려 거의 죽은 것을 버리고 갔더라 마침 한 제사장이 그 길로 내려가

다가 그를 보고 피하여 지나가고 또 이와 같이 한 레위인도 그곳에 이르러 그를 보고 피하여 지나가되 어떤 사마리아 사람은 여행하는 중 거기 이르러 그를 보고 불쌍히 여겨 가까이 가서 기름과 포도주를 그 상처에 붓고 싸매고 자기 짐승에 태워 주막으로 데리고 가서 돌보 아 주니라 그 이튿날 그가 주막 주인에게 데나리온 둘을 내어 주며 이르되 이 사람을 돌보아 주라 비용이 더 들면 내가 돌아올 때에 갚 으리라 하였으니 네 생각에는 이 세 사람 중에 누가 강도 만난 자의 이웃이 되겠느냐 이르되 자비를 베푼 자니이다 예수께서 이르시되 가서 너도 이와 같이 하라 하시니라

—「누가복음」10 : 29~37

여기서 사마리아인은 당시 유대인들이 멸시하고 미워하던 이방인 이었다. 유대인이 강도를 만나 길가에 쓰러져 있었으나 같은 종족인 유대인 제사장과 상류계급인 레위인은 모두 못 본 척 지나갔고, 오히 려 무시당하고 핍박받던 사마리아인이 쓰러진 유대인을 도와준 것이 다. 여기서 쓰러진 유대인은 우리고 사마리아인은 예수님이다.

내가 예수님을 만난 것은 사도 바울이 다메섹으로 가는 길에 "홀연 히 하늘로부터 빛이 그를 둘러 비추"자 눈이 멀어 쓰러진 것처럼 극적 인 것은 아니었지만 시골길에서 예수님을 만난 나는 앞으로 어떻게 살 아야 할 것인가? 답은 분명하다. 간단하게 말해서, 종족 차별을 넘어 현재 위험한 상황에 부닥친 사람에게 선한 일을 행한 사마리아인처럼 살면 된다. 나아가 도움이 필요한 가난한 자, 고아, 과부, 나그네 등 사

회의 주변부 타자들에게 구체적 관심과 공감을 가지고 배려하며 사랑을 실천하고 병든 자들은 치료하신 평화의 사도 예수 그리스도를 본받는 삶을 살아가야 하리라.

하지만 예수님을 알아보지 못한 나 자신을 되돌아보고 성찰해볼 때 부끄럽게도 나는 아직도 "선한 사마라인"이 될 자신이 없으니 어쩌면 좋으랴. 나는 다만 기독교 스토아주의자인 19세기 프랑스계 스위스인 앙리-프레데릭 아미엘의 놀라운 『일기』에서 한 구절을 인용함으로써 이 글을 맺고자 한다.

> 예수만을 믿고 … 인간계에 던져진 천국의 빛이라고도 할 수 있는 그리스도의 말을 온갖 무지갯빛으로 갈라져서 사방으로 흩어졌다. 그리스도교의 역사적인 사업은 시대에서 시대로 새로운 껍질을 벗고 새로운 변형을 거치면서, 그리스도의 이해, 구원의 이해를 점점 정신적인 것으로 만들어 가는 것이다.
> — 아미엘, 『일기』(이희영 옮김)

서울의 산들이 그립다

산 위에 올라서서 바라다보면
가로막힌 바다를 마주 건너서
임 계시는 마을이 내 눈 앞으로
꿈 하늘 하늘같이 떠오릅니다.
(…)
흔들어 깨우치는 물노래에는
내 임이 놀라 일어 찾으신대도
내 몸은 산 위에서 그 산 위에서
고이 깊이 잠들어 다 모릅니다.

— 김소월, 「산 위에」

1960년대 초, 버스 노선이 없던 10킬로미터가 훨씬 넘는, 거의 30리 길을 나는 매일 걸어서 중학교와 고등학교에 다녔다. 1킬로미터쯤 가다가 맞는 첫 번째 고비는 가파른 고개로, 우리는 그 고개를 "헐떡고개"라 불렀다. 높이는 100미터 정도인데 경사도가 60도쯤 되는 정말로 가파른 언덕이었다. 헐떡거리며 그 고개를 넘으면 다행히 긴 평지가 계속되었다. 중도에 동무를 만나 같이 걸어가면 즐겁기만 했다. 그

러나 학교에 거의 다 가면 마지막 장애물이 기다리고 있었다. 경사도
는 30도지만 완만하게 아주 긴 비스듬한 언덕길로 이 마지막 고비를
넘어야 비로소 교문이 보이고 넓은 운동장이 보인다. 몸이 불어난 지
금 아직도 다리나 발에 관절염 없이 씩씩하게 걷는 것은 그때 단련된
다리 덕분이 아닌가 한다.

우리나라 한반도는 국토의 70% 가까이가 산지라 한다. 예전에는 땅
덩이도 크지 않은데 웬 구릉, 언덕, 산들이 이리도 많을까 불평하기 일
쑤였다. 평지가 많으면 농토도 많아지고 집 짓기도 편하지 않겠는가.
외국에 나가니 우리나라 국토의 협소함이 한층 더 느껴졌다. 미국에
서 공부할 때 중서부 평원을 달리다 보면 평야 지대가 몇 시간 동안 계
속 펼쳐져 입을 다물 수가 없었다. 1990년대 후반 호주에서 지낼 때도
구릉도 없는 그 광활한 지대가 부러웠다. 특히 1년간 지냈던 호주 중
동부 빅토리아주는 도시만 벗어나면 대부분 대평원이었다. 우리나라
는 도시라도 구릉과 언덕, 야산들이 많아 평평함과 광활함이 없어 언
제나 뭔가 답답하고 아쉬운 느낌을 주었다.

1980년대 초중반 미국에서 공부하던 곳은 중북부 위스콘신주 밀
워키시였다. 박사과정을 밟으면서 영작문 강의 조교까지 했기 때문에
엄청난 양의 읽기 과제, 도서관 자료 찾기, 잦은 발표 및 토론 수업 준
비, 학생들의 작문 고쳐주기와 개별 면담 그리고 과제 제출을 위해 주
말에도 주로 대학 도서관에 처박혀 2년 이상을 보냈다. 그러다가 여유
는 조금 생겼지만, 언제부턴가 막연한 그리움(?), 허탈감(?), 가슴 답답

증에 시달리기 시작했다. 그것은 외국에 나가면 흔히 겪는 김치나 고추장 등 한국 음식에 대한 그리움만은 아니었다. 이름 붙일 수 없는 기묘한 상실감, 박탈감이었다. 가만히 생각해보니 캠퍼스 주위는 물론, 도시 전체가 그저 평평하고 너무 단조로운 데 대한 권태감 같은 것이었다. 내가 다니던 대학 캠퍼스는 동쪽으로 광활한 미시간 호수가 바로 붙어 있어 탁 트인 느낌은 들었지만 그래도 뭔가 허탈하였다.

다시 곰곰이 생각하니 그것은 일종의 평지 권태증(?)이 아닌가 하는 생각이 들었다. 그래서 어느 주말 밀워키에 산 지 오래된 교포 학생에게 이 근처에 최소 서울의 남산이나 관악산만 한 높이의 산이 없냐고 물었더니, 근처에는 없고 차로 두 시간 이상 달려 북쪽으로 올라가야 한다는 것이었다. 그 학생의 호의로 어느 주말 위스콘신 북쪽, 거의 미네소타주가 멀지 않은 곳까지 달려갔을 때야 관악산 정도 되는, 평지에 솟아 있는 이름도 모르는 산이 눈에 들어왔다. 나는 거의 숭고한 느낌마저 들었다. 아아! 그리웠던 산이여! 순간 답답하고 꽉 막혔던 가슴이 뻥 뚫리는 듯했다. 아니 뚫렸다. 그 자리에서 가슴 답답증이 순식간에 완치되었다! 그 후로도 그곳에서 몇 년 더 보내는 동안 나는 가끔 오로지 이 산만을 보기 위해 두 시간씩 운전하여 올라갔다.

태어나서 수십 년 동안 내 마음과 몸의 DNA 자체가 우리나라의 고개, 구릉, 언덕, 산에 익숙하게끔 구성되지 않았나 하는 엉뚱한 생각까지 하게 되었다. 알게 모르게 산에 중독되었던 나는 미국 도시에서 구릉이나 산을 오래 못 보고 살다 보니 산에 대한 금단현상이 일어났던

것 같다. 등산을 즐기는 편은 아니지만, 그 후로는 진정으로 서울의 산
과 구릉들을 기쁨과 감사의 마음으로 가슴에 품고 있다. 송욱의 시가
떠오른다.

> 말도 움직임도 없지만
> 항시 나를 이끌어 온다
> 개울물은
> 그저 달린다
> 뜻하지않게 살고
> 헤아릴 수 없게 쉰다
> 햇살과 구름과 바람결로 더불어
> 은밀하게 바꾸는 모습 ―
> 너는 하늘처럼 열린다
> 들판이 휩쓸다가
> 드러눕는다
>
> ― 송욱, 「山이 있는 곳에서」 전문

서울 한가운데를 흐르는 한강은 런던의 템스강이나 파리의 센강,
보스턴의 찰스강처럼 아기자기하고 낭만적인 아담한 강이 아니어서
운치는 많이 떨어진다. 한강 주위에 대형 아파트단지가 들어선 것도
아쉬울 뿐이다. 하지만 어느 날부턴가 나는 대도시 가운데 이렇게 크
고 힘찬 강이 흐르고 주위에 아름답고 웅장한 산들로 둘러싸인 축복의

서울에 대해 찬미자가 되었다. 서울 주위에 산들이 많아 조용히, 그러나 힘차게 흐르는 한강이 더욱 믿음직스럽다. 서울은 안으로 북악산, 남산, 인왕산, 낙산이 멋지게 연결되어 있고 밖으로 북한산, 아차산, 덕양상, 관악산으로 크게 연결되어 있는 세계에서 가장 아름다운 산도시이다.

그 후로는 대학 시절 유행한 〈서울의 찬가〉를 흥얼거리기 시작했다. 이 노래는 1966년 서울시의 요청으로 길옥윤이 작사, 작곡하고 그의 아내, 가수 패티 김이 부른 노래다. 어떤 분은 "서울의 애가"를 쓰며 서울을 풍자 비판했지만 나는 고국을 떠나 미국에서 4년, 영국에서 1년, 호주에서 1년 동안 지낼 때 고국 생각이 나면 서울의 산들과 한강을 생각하며 가끔 이 노래를 떠올리곤 했다.

내가 퇴임 때까지 거의 35년간 봉직했던 중앙대학교 흑석캠퍼스는 서달산 중턱에 자리 잡은 비좁은 공간이긴 하지만 나는 크게 사랑하며 자랑스러워했다. 연구실에서 내다보면 유유히 흐르는 믿음직한 한강이 내 눈앞에 있고 예쁜 남산도 보이며 더 멀리 눈을 들면 북한산까지 훤히 보였다. 서울 소재 어느 대학에서도 남산과 한강이 함께 보이는 곳은 없으리라. 큰 업적은 내지 못했으나 이 정도 학자라도 된 것은 모두 남산, 북한산 그리고 한강 덕분이 아닐까. 그러고 보니 6년간 다닌 중·고등학교도 인천 자유공원을 품고 있는 응봉산 자락에 있었고 1970년대 후반 조교도 하고 박사과정을 거친 서울대학교도 관악산 자락에 있지 않았던가? 또한 1970년대 말, 2년 반 재직했던 홍익대학교도 한강이 보이는 와우산 자락에 서 있다. 이제는 뒤쪽으로 남산, 북한산 등이 멀리 보이고 앞쪽으로 관악산 정상까지 보이는 아파트에서 살고 있다. 한때 한국의 산과 구릉을 답답해했던 사람이 뒤늦게 산 중독자로 서울 산들의 가치를 다시금 깨달아 산들을 바라보며 즐겁게 지낼 수 있다니, 나는 얼마나 행운아인가.

지금 나는 산의 미학적·종교적·철학적 의미를 사유하는 것도 아니고 등산가들이 내세우는 산의 아름다움을 예찬하고 신비화하는 것도 아니다. 서울 산들의 배치와 배열 그리고 구성적 균형 감각이 주는 도시의 다양성과 안정감을 사랑하는 것이다. 서울 외곽에 동서남북으로 펼쳐진 큰 산들과 지역별로 배치된 작은 산들의 조화가 세계 어느 대도시를 가도 찾아볼 수 없는 독보적 장점이며 특징이다. 서울에 산재해 있는 비교적 예쁘고 작은 산들도 기쁨과 사색의 원천이다. 내가 이름을 알고 있는 산만 해도 여럿이다. 남산, 북악산, 백악산, 인왕산, 낙산, 용마산, 와우산, 대모산, 청계산, 수락산, 배봉산 등등이다. 이 산들보다 더 소규모 산들도 많아서 내가 지금 사는 상도동만 해도 상도근린공원이 있는 국사봉이 있고 중앙대 뒤편으로 흑석동, 상도동, 사당동, 동작동 가운데에 서달산도 있다. 이런 산들은 높이가 100~150미터에 불과하나 산은 산이다.

내 기억에 동경, 북경, 런던, 파리, 로마, 모스크바, 뉴욕, LA 등의 대도시에는 이만한 산들도 없다. 서울의 산들은 큰 산, 중간 산, 작은 산들이 서로 균형과 조화를 이루며 안정감과 즐거움을 준다. 서울은 수천 년간 한민족의 요람인 한반도의 거의 중간 지점에 위치해 있다. 서울은 북방 대륙 세력인 중국과 러시아, 남방 해방 세력인 일본과 미국 사이의 불안한 지정학적 위치에서 기묘한 균형을 이루고 있다. 서울의 산들이 이 모든 것의 중심에서 평행추 역할을 할 것을 기대한다.

김후란 시인의 시 「참 아름답다 한국의 산―자연 속으로 11」을 다시 읽어본다.

온 산이 초록으로 물들어 싱그럽다
날마다 새 아침으로 깨어나는
저 산자락에
오케스트라 연주가 시작된다

바람은 숲을 가로질러 달리고
소리치며 날아오르는 새들이
미래의 하늘을 연다
계곡으로 쏟아지는 폭포 그 어깨에
황홀하여라 황금색 깃을 펼치는
자연의 헌신
(…)
봄 여름
가을 겨울
건강하게 살아 있는 한국의 산

참 아름답다.

시인은 이 시에서 "한국의 산"을 아름답다고 노래하지만, 나에게는 거대도시 서울의 산들이 아름다움을 넘어 숭고하기까지 하다.

한때 미치게 그리웠던 서울의 산들이 이제는 고맙기만 하다. 지금 사는 아파트 18층 베란다에서 바로 코앞에 내다보이는 아담한 국사봉은 사계절의 전령사이다. 봄의 따스한 기운부터 봄의 표상인 벚꽃, 개나리꽃, 아카시아꽃들이 시시각각 눈앞에서 연달아 피어나고 까마귀, 까치, 참새는 물론 가끔 뻐꾸기, 딱따구리도 노래한다. 잠자리도 간혹 올라오고 비 오는 날에는 개구리들이 개골개골 합창한다. 여름의 우거진 녹음과 싱싱한 녹색은 약한 시력을 높여주고 염천(炎天)의 하늘에 상큼한 산들바람은 마음을 서늘하게 해준다. 가을의 국사봉은 온갖 노랗고 붉은 색깔의 수채화와 풍경화를 그려내고 떨어져 쌓인 낙엽들의 고즈넉한 정취는 차분히 사색하게 만든다. 지구온난화에도 어김없이 찾아오는 고마운 겨울은 벌거벗은 앙상한 가지들 사이로 부는 삭풍(朔風)으로 정신이 번쩍 들게 하고 생명과 죽음의 문제를 진지하게 사유하게 만든다. [시재(詩才)가 내게 있다면 1651년 고산 윤선도가 모든 관직을 내려놓고 남해 보길도 부용동으로 들어가 사계절을 노래한 「어부사시사」(漁父四時詞) 같은 시를 나의 국사봉을 위해 남기련만.]

산에는 숲과 나무, 꽃과 새, 나비와 벌, 그리고 보이지 않는 많은 생명체가 숨 쉬며 살고 있다. 어찌 그뿐이랴. 작은 산 국사봉도 자동차

매연으로 생긴 이산화탄소, 미세먼지, 초미세먼지는 물론 중국에서
날아오는 황사까지도 일부 또는 전부 빨아들여 정화한다. 녹색식물인
나무들과 풀들이 신비스러운 광합성 작용으로 이산화탄소를 빨아들
이고 산소를 뿜어낸다. 요즘 지구를 급속히 망가뜨리는 기후 변화와
지구온난화의 주범인 이산화탄소를 줄여주니 산이 얼마나 고마운가!
우리나라도 동참한 2050년까지 전 지구적으로 펼쳐지는 탄소 중립운
동의 주역도 결국 산과 숲이 아닌가.

운이 좋아 나는 지금까지 백두산은 세 번, 한라산은 두 번 올랐다.
백두에서 한라까지 이어지는 백두대간은 한반도의 등뼈다. 바닷가인
인천 제물포에서 어린 시절을 보냈는데도 이제 나는 물보다 산이 좋
다. 산과 언덕이 주는 출렁이는 높낮이의 역동성은 분명하게 구분된
사계절과 더불어 한반도에 사는 우리에게 큰 축복임이 틀림없다. 공
자는 『논어』 「옹야편」에서 "지혜로운 자는 움직이고 어진 자는 고요하
다(知者動 仁者靜)"라고 말했다. 산을 좋아하니 공자에 따르면 아마도
나는 어진 자일까? "지혜로운 사람은 물을 좋아하고 어진 사람은 산을
좋아한다(知者樂水 仁者樂山)"라는 말이 있다.

남은 나의 여생을 지혜롭지는 못해도 서울의 크고 작은 산들을 사
랑하며 겸손하고 어진 사람으로 이웃에게 작은 사랑을 베풀면서 조용
히 살 수 있다면 얼마나 좋을까? 박목월의 시 「산이 날 에워싸고」에서
처럼 살리라.

산이 날 에워싸고

씨나 뿌리며 살아라 한다

밭이나 갈며 살아라 한다

(…)

그믐달처럼 살아라 한다

한반도 통일은 "언어"로부터

> 인자야 너는 막대기 하나를 가져다가 (…) 쓰고 또 다른 막대기 하
> 나를 가지고 그 위에 (…) 쓰고 그 막대기들을 서로 합하여 하나가 되
> 게 하라 네 손에서 둘이 하나가 되리라 (…) 그 땅 이스라엘 모든 산에
> 서 그들이 한 나라를 이루어서 한 임금이 모두 다스리게 하리니 그들
> 이 다시는 두 민족이 되지 아니하며 두 나라로 나누이지 아니할지라
>
> ―「에스겔서」 37 : 16~22

북한에서 러시아를 경유 망명해온 김현식 선생의 "예일대학에서 보
내는 평양교수"라는 부제가 붙은 『나는 21세기 이념의 유목민』은 소설
보다 더 재미있었다. 평양사범대 교수로 북한 최고위층의 가정교사였
고 북한 교육정책 수립에 깊숙이 참여했던 저자의 흥미진진한 이야기
를 읽으며 지금까지 북한에 관한 어떤 책에서보다 많은 것을 배웠다.
특히 북한 지배계급의 적나라한 일상생활에 대해 소상히 알게 된 것이
유익했다. 골수 사회주의자이고 김일성 주체사상에 깊이 빠졌던 북한
의 최고 지식인 김현식이 가장 적대적 이념을 지닌 나라이자 그 어떤
외국보다 외국인 대한민국으로 망명하여 새로운 이념과 체제에 적응
하며 겪은 파란만장한 남한 생활의 도정은 충격이었다.

남한에서 어문학 교수로 사는 나에게 김 선생의 생생한 증언은 그 동안 북한에 대해 너무 무지했던 나의 북한관에 대해 큰 부끄러움을 느끼게 했고 나를 깨뜨리며 신선한 경종을 울렸다. 김 선생은 이 책에서 여러 종류의 매우 유용한 지식과 정보들을 전해주고 있지만, 특히 지적으로 강한 자극을 준 부분은 "말이 먼저 통일되어야 한다"라는 제목의 제8장이다. 평소 남북통일의 큰 걸림돌이 될 남북한의 문화적 이질화에 관해 관심이 많았던 나로서는 김 선생의 지적과 주장에 적극적으로 찬동하는 바이다.

말과 글, 다시 말해 언어는 인간 생활에서 가장 기본적이고도 중요한 요소다. 언어란 인간 존재의 감옥이란 말도 있지만, 남한과 북한 사람 사이에 소통이 안 된다면 큰 문제로, 어떤 주의나 사상 체계가 다른 것보다 더 큰 문제가 될 수 있다. 북한의 지식인이었던 김 선생이 남한에서 살면서 여러 층위에서 의사소통이 되지 않는 것을 보니 놀라웠다. "말이 다르면 몸도 남남이다"라는 김 선생의 언어 결정론적 언명에 전적으로 공감한다.

"민족의 가장 중요한 징표인 말의 공통성이 사라지면 남북이 결국 다른 민족으로 갈라지고 말 게 아닌가 싶어 걱정도 되었다. 이대로 놔두었다가는 남북한 간의 말이 너무 심하게 달라져 아주 다른 말이 되어버릴 것 같았다"고 생각한 김 선생은 남북한 언어의 이질화 극복을 위해 남한의 국립국어원 연구팀과 수년간 협력하여 『남북 통일말 사전』을 펴냈을 뿐만 아니라 『남북한 한자어 어떻게 다른가』, 『북한 주민이 모르는 남한 어휘 3300개』 등의 저서도 남한 학자들과 공동으로 편찬하였다.

김현식 선생의 절대적 헌신으로 편찬된 이종환교육재단 편『남북통일말 사전』(대표집필 심재기 서울대 명예교수, 2006)은 "남북 말의 이질화 극복을 위한 통일 대비 사전, 남북의 서로 다른 말 10,000여 개를 비교·이해할 수 있게 하는 겨레말 사전"이다. "조선말(북한말)전문가" 김 선생은 이 남북 말 비교사전 편찬 과업을 이루는 데 큰 역할을 했다. 김 선생은 연구 책임자가 되어 정종남이란 남한 이름으로 펴낸 책 『남북한 한자어 어떻게 다른가』(국립국어연구원, 1999)에서 아래와 같이 자신의 주장을 펴고 있다.

> 북한 주민들이 모르는 남한 말에 대한 연구는 거의 이루어지고 있지 않은 듯하다. 북쪽 사람들이 모르는 남한 말마디(단어)를 찾아보고, 그것들을 북한 사람들에게 알려주는 연구를 진행하는 것, 바로이 작업이 북한의 대학교수였던 필자가 최대의 민족적 과업인 조국통일을 앞두고 여기에서 해야 할 중요한 일이라고 생각하였다.
>
> ―「이 책을 읽기 전에」

김 선생은 계속해서 이 책의 '머리말'에서 "이 글이 탈북자에게 있어서 남한 한자어 학습을 위한 참고가 되며 통일 후에는 북한 학교들에게 하게 되어 한자 교육의 기초자료가 되었으면 한다"고 적었다. 러시아 어문학 전공자인 김 선생의 이런 작업은 일상적 찬사로는 부족하다. 그는 이 사전들을 내면서 "갈라진 양쪽의 언어가 하나로 되어 양측들 사이에 의사소통이 원활히 되어야 진정한 민족통일이 이루어진다"고 선언하였다.

남한 출신 선교사가 권하는 남한 성경을 읽어본 김 선생은 "평생을 말을 연구하며 살아온 내가 이해할 수 없는 우리말이 성경책 속에 가득했다"고 지적하였다. 북한 주민들에게 성경을 제대로 읽혀 이해시키고 싶다면 통일 이전이라도 북한 주민용 성경 또는 남북한 주민 모두가 읽을 수 있는 가칭 "통일 성경"이라도 만들어내야 하는 것이 아닌가?

김 선생은 북한 주민들에게 복음 전파를 쉽게 하도록 성경에 나오는 모세 등 주요 인물 25인에 대해 김현식의 해설을 곁들여 『옛날 이스라엘 사람들에 대한 이야기』를 출간하였다. 이런 작업이야말로 복음 전파 측면에서 북한 주민들과 진정한 의사소통을 가능하게 하는 매우 값진 북한 선교의 기초 작업이라고 말할 수 있다. 김 선생은 나아가 영어를 배우려는 북한 학생들을 위해 전문가의 도움을 받아 이 책의 영역본도 만들었다. 북한의 외국어 정책은 1980년대 초까지 러시아어를 제1외국어로 지정했으나 그 후로는 김일성의 지시로 영어가 그 자리를 대신하게 되었다.

이 영역본은 북한 학생들이 북한 말과 비교하여 읽으면서 영어를 좀 더 쉽게 이해할 수 있도록 교육자 김 선생이 편찬한 최고의 영어 학습서다. 김 선생에 따르면 이 책이 북한에서 일부나마 영어 학습 부교재로 채택되어 쓰이고 있다고 한다! 놀라운 하나님의 지혜로운 방법이다. 이 책은 북한에서 강한 거부감을 줄 수 있는 복잡한 기독교 교리를 설명하기보다 성경에 나오는 등장인물들을 중심으로 은근히 교리까지 넣어 재미있게 쓰여 있어서 별다른 저항 없이 수용되고 있는 것이 아닐까?

김 선생은 『나는 21세기 이념의 유목민』이라는 사상적 자서전에서 북한 개방을 위한 여러 가지 방책을 논의한다. 그는 "북한 돕기"가 "북한의 학생들에게 영어사전 보내주기"와 같은 일부터 시작해야 한다고 굳게 믿고 있다. 그는 영어사전이 북한의 영재들에게 새로운 세계를 열어주는 창문이 될 것이며 그 학생들에 의해 북한은 서서히 개방될 수 있다고 믿는다. 이 사업을 위해 남한에서 간행된 영어사전을 그대로 보내면 그 효과가 기대만큼 높지 않을 수 있으므로 북한 학생들의 눈높이에 맞추어 그들이 잘 이해하고 활용할 수 있도록 새로운 사전을 편찬 제작해야 한다.

준비 없이 생각 없이 무조건 북한에 물자와 서적들을 보낸다고 되는 것이 아닐 것이다. 남한의 교회들에서 목표로 하는 복음적 평화 통일을 위해서 북한 선교는 김 선생이 이 책에서 누누이 강조하듯이 북한 주민들의 자존심을 지켜주면서, 가능하면 그들의 편의를 최대로 고려하여 모든 일을 겸손하게 서두르지 말고 아주 천천히 수행해야 할 것이다. 우리에게 익숙하다고 일방적으로 북한 주민들에게 지시하듯

건네준다면 이해와 설득과 감동은커녕 오해와 반감이 더욱 커질 수도
있다.

　김현식 교수의 책을 읽고 어문학과 문화 전공자로서 내가, 아니 우
리가 하고 싶고 또 할 수 있을 일들을 몇 가지 생각해보았다. 현재 남
한의 국립국어연구원과 학자들은 남북한 말 비교사전과 남북한이 공
통으로 사용할 수 있는 한겨레 말 큰사전을 계속 준비하고 있는데, 내
가 적으나마 할 수 있는 일들은 어떤 게 있을까?

　첫째, 북한 주민을 위한 성경의 재번역 작업이다. 김현식 선생의 증
언에 따르면 북한 주민들이 언어 이질화 등으로 남한 성경을 거의 이
해하지 못한다고 하니 문제가 매우 심각하다. 올바른 말씀 전파 없이
어찌 하나님이 바라시는 선교와 복음적 평화 통일을 이룰 수 있겠는
가? 이를 위해 우선 북한 주민을 위한 성경 번역서를 준비하여야 할
것이다. 그리고 궁극적으로는 통일 시대를 대비하여 남북한 모두를
위한 "통일 성경" 번역 편찬의 방향으로 가야 할 것이다.

　둘째, "통일 영어사전" 편찬 작업이 요구된다. 북한에서 러시아어
대신 영어가 제1외국어로 지정되었다고 하니 영어를 통한 북한 주민
들의 사유 변화를 꾀할 수도 있을 것이다. 김 선생의 말대로 영어사전
보내기 운동을 계속하되, 북한 주민이나 학생들을 위한 영어사전 편
찬이 가장 이상적이겠으나 이 작업은 북한 당국에서 담당할 것으로 추
정된다. 그러므로 우리는 장기적 선교 전략을 위해 그리고 결국은 다
가올 통일 시대를 위해 "통일 영어사전"이 필요할 것이다.

셋째, 오래 걸리는 작업이겠지만 이질화된 언어의 비교 연구를 통해 궁극적으로 남북한 언어의 동질성 회복을 꾀해야 한다. 나아가 북한 문학에 관한 연구와 이해를 통해 남한 문학과의 접맥 작업도 가능할 것이다. 남북한 문학의 대화를 통해 언어 문제 해결뿐 아니라 남북한 정서나 대중문화의 문제까지 논의할 수 있다. 상호 문학 읽기를 통해 이념을 넘어 남북한 상호 이해와 화합을 도모하고 나아가 한반도 평화 통일 문제에도 접근할 수 있으리라 여겨진다. 예를 들어 최근에 나온 남북한 장편소설에서 주요 단어들을 뽑아 비교해보면 남북한 언어 통일을 위한 좋은 자료들이 많이 나올 것이다.

넷째, 오늘날 대중에게 가장 인기 있는 영상매체인 영화는 남북한 언어와 문화의 공통점을 확인하고 이질성을 상호 이해해나가는 데 매우 효과적인 도구가 될 수 있다. 인쇄매체보다 줄거리가 있는 동영상 매체를 보며 재미있게 언어 문제뿐만 아니라 관습, 제도, 설화 등 다양한 주제들도 역동적으로 논의할 수 있을 것이다.

다섯째, 북한의 외국문학 소개와 번역 실태를 조사하여 다양한 세계문학 작품들의 북한말 번역물을 만들어 배포할 수 있다면 중·장기적으로 인간의 존엄성, 자유와 권리 그리고 사회적 책임에 대한 북한 주민들의 의식 구조와 언어 생활에도 적지 않은 영향을 줄 수 있을 것이다. 물론 이 과업은 지금 당장 이루어지는 작업이 아니라 오래 걸리는 과제가 될 것이다.

우리는 한반도의 평화 통일을 성취하고 북한 선교를 성공적으로 수

행하기 위해 정치 · 사상(이념) · 경제 · 군사의 측면만큼 언어 · 문학 · 예술 등 문화적 측면의 중요성을 깨닫고 이에 대한 구체적 대책과 방안을 만들어야 한다. 이렇게 미리 치열하게 준비하면 함석헌 선생의 말대로 36년간 일제강점기에서 8 · 15해방이 아무도 예상치 못하게 "도둑처럼" 온 것같이 70년이 훨씬 넘은 남북분단을 종식하는 민족통일도 기적같이 "도둑처럼" 오지 않겠는가!

세계문학 단상

세계가 공통하게 소유하고 이해할 수 있는 세계적 성격을 갖춘 세계문학의 시대를 우리 자손은 반드시 맞을 줄 믿는다. (…) 진정한 세계문학은 미래에 있어서의 역사의 어떤 발전 단계에 이르러 필연적으로 오래인 국민적 문학의 뒤를 받아 가지고 온 것인가 한다. (…) 조선 문학도 금후 더욱 더욱 활발하게 그 자체 속에 세계의식, 세계 양식을 구비하면서 세계문학에 가까워질 것이 아닐까? (…) 문을 넓게 열고 세계의 공기를 관대하게 탐욕스럽게 맞아들여도 좋을 게다. 그러함으로써 우리는 세계적 수준으로 향하여 신장할 수 있고 또한 세계에 줄 우리의 특성이 무엇인가도 찾아낼 수가 있을 것이다.

— 김기림, 「장래(將來)할 조선 문학은」, 『조선일보』, 1934년 11월 14일

21세기에 들어서 문학 연구에 새로운 접근이 여럿 등장하였는데 그중 하나가 세계문학 담론이다. 오늘의 세계문학론은 미국(대학)의 초국적 자본주의의 전 지구적 확산으로 인한 소위 "세계화" 문화 현상에 문학 연구가 편승한 혐의가 있다. 세계문학 논의는 서구에서 이미 18세기와 19세기에 일어나기 시작하였는데, 당시는 서구 중심 세계관에 입각한 서구문학 전통의 걸작들을 해외에 소개하고 전파하였다. 서구 이외 문학에 관한 관심은 호기심 수준을 넘기는 했으나 진정으로 세

계 각국의 민족문학들과 허심탄회한 화이부동(和而不同)의 정신으로 교류와 순환까지는 이르지 못했고 그 후 오랫동안 이런 경향은 바뀌지 않았다. 최근까지도 세계문학은 그저 세계 주요 국가들의 "걸작" 문학 작품을 총집합하는 경우가 많았다. 동양의 경우 중국 · 일본 · 인도 문학이 주류를 이루었으며, 이것도 예전과 비교하면 사실 진일보한 것이다.

한국문학의 경우 미국에서 출간된 대표적 노턴판 세계문학 앤솔러지와 롱만판 세계문학 앤솔러지에 거의 소개되지 않았고 최신 노턴판에 「춘향전」 일부와 염상섭의 단편소설 한 편만이 소개되고 있을 정도다. 한국은 아직 노벨상 수상 작가를 배출하지 못했지만, 2016년 봄 한강의 『채식주의자』 영역본이 영국의 맨부커 국제상을 받았으며 신경숙의 『엄마를 부탁해』도 미국 유수 출판사에서 번역 출간되어 미국인들에게서 좋은 반응을 얻고 있음을 볼 때 앞으로는 한국문학이 적어도 영어권 국가에서라도 좀 더 많은 관심과 주목을 받을 것 같다. 이것은 한국문학의 세계화 또는 세계문학으로서의 한국문학의 견지에서 매우 바람직하다.

사실상 세계문학 담론이 힘을 얻게 된 것은 미국 대학의 교양과목으로 "세계문학"이 본격적으로 개설되기 시작한 시점과 일치한다. 동양문학의 경우 미국인들이 지나치게(?) 중국문학과 일본문학을 중시하는 것이 부당하다고 여겨지지만, 국제 정치 · 경제 · 문화의 장에서 두 국가의 위상으로 볼 때 미국인들에게는 당연한 일일 수도 있겠다.

　국내에서도 세계문학에 관한 관심이 높아지고 있는데, 한국문학계는 물론 외국문학 연구자들과 학회들의 『비교문학』, 『세계문학비교연구』, 『영어영문학』 등의 학술지나 일반문예지에서 세계문학 담론은 이제 대세가 되어 많은 논문이 생산되고 서구에서 최근 나온 세계문학이론서들이 번역 출간되며 국내 학자들은 단행본 저서들을 내놓고 있다. 20년 이상 된 『세계의 문학』(민음사)이 폐간되었으나 최근 반 연간지 『지구적 세계문학(*Global World Literature*)』이 창간되었다. 한국에서도 이제 세계문학은 학계와 문단에서 가장 중요한 담론의 하나가 되었다.

　국내 문학계, 그리고 문단에서 세계문학 담론에 관한 논의가 본질적으로 활성화되기를 바란다. 문학 연구에 관련된 국내 소장학자들은 전문 학술논문 생산에 손발이 묶여(?) 자신이 전공하는 한국문학이나 외국문학 분야에서 전 지구적 시각으로 여러 문학을 비교하고 번역 문제를 논의하는 장을 마련하기가 쉽지 않은 상황이다. 최근 중국 조선족 문학을 연구하는 중국 연변대학교 조선족 교수의 논문 발표를 들었는데, 한국, 중국, 북한의 중 · 고등학교 국어 교과서에 소개된 세계문학 분량을 비교하니 한국이 가장 뒤떨어진다는 사실에 무척 놀랐다.

　세계화를 열심히 부르짖고 있으면서도 우리가 북한보다도 세계문학을 덜 소개하는 이유는 무엇일까? 혹시 중 · 고교 국어 교육과 문학 교육을 담당하는 국어 교사들과 대학의 국어국문학과 교수들이 지나치게 민족주의에 빠져 있거나 아니면 국어학, 고전문학, 현대문학 3

대 영역에 열중하다 보니 문학 교육에서 세계적 시각을 충분히 포용하지 못하는 것인가? 사실상 국내에서는 일제강점기부터 해방에 이르기까지 김기림, 조용만, 백철 등 여러 분이 세계문학에 관심을 가졌다. 1980~1990년대에도 백낙청, 조동일 교수가 관련 저서를 출간하는 등 세계문학에 관해 관심을 기울였다. 최근에도 윤지관, 박성창, 유희석 등 소장학자들이 논문을 발표하고 단행본을 출간했다.

한국의 중·고등학교에서 세계문학 교육이 충분치 않다면 대학 교양과정에서 세계문학이란 과목을 필수과목은 아니더라도 선택과목으로 정식 개설할 수도 있겠다. 이미 그런 과목을 설치한 대학들도 있다. 문학이 인문학의 핵심 과목이라는 것은 부정할 수 없는 사실로, 인문학의 위기, 문학의 죽음이 운위되는 바로 이 시대야말로 문학이 가장 필요한 시기다. 일반 독자의 측면에서 볼 때 한국에서 출간되는 수많은 소위 세계문학 전집은 지역적으로, 장르적으로, 시대적으로 지나치게 편중화되어 있다. 일례로 다양한 장르가 있음에도 주로 소설 중심으로 구성되므로, 풍요 속에 빈곤이라 볼 수 있다. 이제는 현대 작가 중심으로 된 방대한 세계문학 전집들 이외에 단 몇 권으로 된 세계문학 사화집을 기획할 시기다. 시대적으로 지역적으로 장르적으로 균형 잡힌, 명실공히 전 지구적 세계문학을 감상할 수 있다면 얼마나 좋을까?

2016년 9월 20일부터 23일까지 신라의 고도 경주에서 문화체육관광부가 후원하고 국제PEN한국본부가 주최하는 제2회 세계한글작가

대회가 열렸다. 전 세계에 흩어져 살며 한글로 문학작품을 쓰는 디아스포라 한인 문인들 수백 명이 모여 외국에서 살면서 한글로 문학작품을 쓰는 것의 의미, 문학어로서 한글의 우수성에 관한 것, "한글 문화권과 세계문학"을 주제로 논의했다. "한국문학"이 아니고 "한글문학"이라는 용어 자체에 문제가 있다. 한글은 한국어를 표기하는 문자체계인데 어찌 한자가 포함된 한국어가 아닌 한글로만 작품을 쓸 수 있는가의 문제다. 그런데도 문학매체가 "한글"이라는 문자체계라고 본다면 잠정적으로 한글문학이라는 용어는 현장용어나 실용용어로 사용될 수 있다. 무엇보다 한글문학은 한국문학보다 "전 지구적"이며, 한국문학은 고전문학을 포함한다 해도 어떤 의미에서 한반도 남한만의 대한민국 문학에 국한된다는 인상을 지울 수 없다.

그러나 "한글"문학은 남한의 한국문학뿐 아니라 북한식 한글 이름인 조선어로 쓰는 북한문학도 포함하고 한글로 쓰이는 중국의 조선족 문학, 러시아의 고려인 문학, 일본의 재일교포 문학, 그리고 미국, 캐나다 등의 교포 문인들, 남미, 오세아니아, 유럽 등의 교민들 문학까지도 포괄할 수 있다. 다시 말해 한글문학은 한글이란 문자 문화권의 문학을 전 세계적으로 포섭할 수 있다.

또 한 가지 제기되는 문제는 한국문학이 아닌 한글문학 개념에 "한글로 번역된" 외국문학도 포함될 수 있는가? 그러면 한국적인 것은 어떻게 될 것인가? 문학의 국적 기준인 속지주의(국가), 속인주의(작가), 속문주의(언어)를 어떻게 적용할 것인가? 미국에서 한국계 미국 작가로 활동하는 1.5세 한국인 이창래의 영어 소설들이 제아무리 한국적 정서가 들어 있다고 해서 한국문학이 될 수 있는가? 그 영문 작품이 한글로 번역된다면 한국문학이 될 수 있는가? 이것은 세계화 시대에 한국문학의 정체성에 관한 문제일 것이다. 더욱이 전 지구적 "한글문화권" 개념을 도입한다면 한글로 번역된 외국문학도 한국문학에 포함될 수도 있다. 단숨에 해결하기 어려운 많은 쟁점이 우리 앞에 놓여 있다. 한국문학, 한글문학, 해외동포 작가들의 현지어 문학과 번역 등의 문제는 이제 세계문학의 맥락에서 새롭게 논의될 필요가 있다.

웃으며 춤추는 어린아이

어린아이는 순진무구요 망각이며, 새로운 시작, 놀이, 제 힘으로 돌아가는 바퀴이며 최초의 운동이자 거룩한 긍정이다.

그렇다. 형제들이여, 창조의 놀이를 위해서는 거룩한 긍정이 필요하다. 정신은 이제 자기 자신의 의지를 의욕하며, 세계를 상실한 자는 자신의 세계를 획득한다.

나 너희에게 정신의 세 변화에 대하여 이야기하였노라. 어떻게 정신이 낙타가 되고, 낙타가 사자가 되며, 사자가 마침내 어린아이가 되는가를.

— 니체, 「세 변화에 대하여」,
『차라투스트라는 이렇게 말했다』(정동호 옮김)

70이 다 되어 나는 아호 하나를 스스로 지었는데, 그것은 소무아(笑舞兒)로 내가 생각하는 의미는 "웃으며 춤추는 어린아이"다. 나는 퇴임 직전 2014년 가을에 손자를 보았다. 큰딸 부부가 맞벌이라 아내와 나는 정기적으로 그 집에 가서 손자를 돌보았다. 돌보기는 퇴임한 나에게 커다란 기쁨의 선물이었다. 손주 녀석과 거의 매일 낮시간을 함께 보내는 동안 아기가 자라나는 과정을 지켜보면서 내가 다시 아기가 되어 자라나는 것만 같았다. 오래전 젊었을 때 나 자신의 아이들이 태어

났을 때는 전혀 경험하지 못했던 새로운 인식의 계기를 가지게 되었
다. 한국 아동문학 운동가이자 동요의 아버지 윤석중(1911~2003) 선생
의 일생 목표가 반로환동(返老還童) 즉 "늙음을 돌려주고 어림을 돌려
받는다"였다고 한다. 나도 어린 손자를 통해 반로환동을 시작하였다.

우선 손자가 태어났을 때 나는 시재(詩才)는 부족하지만 "손자가 세
상을 처음 본 날의 기도"란 제목의 시 한 편을 써보았다.

잉태된 초기부터
모든 가족에 기쁨과 행복을 주고
기대와 긴장 열 달 동안 채워주었다.
이것으로 이미 너는 부모에게 효도한 셈이다.

어미를 마지막에 그렇게 힘들게 하더니
결국은 울지도 않고 세상에 나왔구나
예수님이 준비해주신 예준이
태어난 것을 축하하고 환영한다.

교육과 훈육의 재갈이 물리기 전에
새벽 같은 어린 시기를 잘 놀고 잘 먹고
별 탈 없이 마냥 크거라
예수님의 어린아이로 숲속 나무처럼 자라거라.

> 네가 하고 싶고 잘하는 일을 하며
> 건강하게 이웃사랑하고 사회를 위해
> 색깔 있고 향기 나는 사람으로 살아가기를
> 나는 눈감고 조용히 무릎 꿇고 두 손 모아 기도드린다.

손주가 옹알이를 시작하고 사람을 알아보는 등 여러 단계를 거치며 조금씩 커가는 모습을 보면서 놀라움을 느낄 수밖에 없다. 새끼(아기)를 키워내는 데 얼마나 많은 노고와 관심과 사랑을 쏟아부어야 하는가? 손자가 기고, 일어서고, 걷기 시작하는 단계별로 새로운 기쁨이 더해지고 말문이 트여 기본적 어휘를 구사할 때면 이제야 비로소 사람이 되어가는 과정에 경이로움을 금할 수 없었다.

손주가 태어난 후 5년 가까이 그 성장을 지켜보면서 오래전 읽었던 T.S. 엘리엇의 짧은 시 「작은 영혼」(1927)을 기억해내고 다시 읽었다. 흔히 시인 엘리엇은 난해한 장시 「황무지」(1922)를 쓴 20세기 초 모더니즘 시운동의 선봉자이며 어렵고 무거운 시인으로 알려졌지만 사실 엘리엇은 주옥같은 짧고 가벼운 시편들 역시 다수 창작하였다. 그중 「작은 영혼」은 내가 좋아하는 시 중 하나로, 그 첫 부분을 읽어본다.

> "하나님의 손에서 순수한 영혼이 태어난다"
> 빛과 소음이 바뀌는 평범한 세계로,
> 빛과 어둠이 있는, 건조하거나 축축하고, 춥거나 따뜻한 세계로,

식탁과 의자 다리 사이를 기어 다닌다.

일어섰다 넘어지고, 뽀뽀하기 위해 또 장난감으로 달려가고

과감히 나아가다가 갑자기 조심하고

팔과 무릎을 움츠리고 구석으로 물러나

확신시키기를 간절히 원하며,

크리스마스 트리의 향기와 화려함에서 기쁨을 찾고

바람과 햇빛과 바다 속에서 즐거움을 찾는다.

햇빛이 마루 위에 만들어낸 무늬와

은쟁반 테두리에 그려진 달리는 사슴 장식을 살펴본다.

현실과 환상을 구별하지 못하고

트럼프 카드의 킹과 퀸에 만족하고

요정들의 행동과 하인들의 말에 만족한다.

엘리엇은 이 시의 제목 "Animula"를 평생 문학적 스승으로 삼았던 중세 시인 알리기에리 단테(1265~1321)의 대표 서사시 『신곡』의 「연옥편」에서 가져왔다. 시의 제목은 라틴어이고 그 의미는 "작은 영혼" 또는 "작은 생명"이다. 창조주 하나님의 큰 계획하에 태어난 인간이 아기에서 어린이 그리고 청소년으로 계속 자라나는 고통의 성장 단계를 37행 시 속에 압축시켰다.

이 시는 연이 구분되어 있지 않지만, 첫 연은 1~15행까지로 새로 태어난 어린아이가 자유롭게 자라나는 모습을 보여준다. 어떤 구속이나 억압 없이 제멋대로 움직이고 마음대로 즐기고 자유롭게 생각한

다. 이 시기는 프랑스의 포스트구조주의 정신분석가 자크 라캉이 말하는 "상상계"다. 어린 시절은 인간의 생애에서 무한히 자유롭고 행복할 수 있으며 꿈꿀 수 있는 순진의 세상이다. 특히 마지막 행에서 시인은 "지금"의 우리와 태어난 순간의 우리를 위해 기도하기를 원한다. 그 이유는 무엇일까? 하나님의 뜻에 따라 태어난 순수했던 어린 시절의 우리를 불러내어 시간으로 이미 많이 망가져버린 우리를 영적으로 회복하고 치유하기 위한 것은 아닐까? 요즘 어린아이들처럼 장난감이나 인형을 수집하는 일부 어른들의 "어른이"(어린이+어른) 현상도 어린 시절에 대한 향수에서 나온 "어린이 되기" 현상일 것이다.

아이가 4세였던 해 엄마인 딸이 대학에서 안식년을 받아 미국 캘리포니아 산타바바라로 연구를 떠날 때 나도 함께 갔다. 아이랑 같이 내가 옛날 외할머니에게 들었던 옛날이야기를 하면서 지냈다. 어쩔 수 없이 나는 이야기꾼이 될 수밖에 없었다. 그곳에서 유아원에 간 아이에게는 완전히 새로운 언어인 영어와 피부색이 다른 미국 아이들을 처음 만난다는 게 하나의 커다란 문화충격이었으리라. 아이에게 미안한 생각도 들었지만 아이는 착실하게 나이에 따라 자라고 있었다. 매일 오후 나는 아이와 함께 동네 거리를 산책했다. 그런 중에 나는 녀석과 대화 도중 느낀 바 있어 쓰게 된 「도깨비」라는 짧은 콩트 한 편을 소개한다.

70대 노인과 그의 손자로 보이는 세 살 된 어린아이가 해 질 무렵

동네 뒷골목을 같이 걷고 있다. 아마도 노인과 아이는 저녁 산책을
나온 것이리라. 좁은 골목이라 어린아이가 앞서고 그 뒤를 노인이 따
라 걸었다. 손을 뒤로 모으고 걷던 노인이 갑자기 뒤에서 아이의 오
른쪽 머리를 가볍게 툭 건드리며 물었다.

"누구게?"

"할버지."

"아냐, 도깨비가 그랬어!"

"아냐, 할버지가 그랬잖아."

노인은 좀 더 걷다가 이번에는 아이의 왼쪽 머리를 가볍게 툭 건드
리며 또 물었다.

"누가 그랬게."

"할버지."

"아냐, 도깨비가 그랬어!"

"아냐, 할버지가 그랬잖아."

좀 더 걷다가 세 살 손자 아이가 할아버지에게 요구한다.

"할버지가 이렇게 구부리고 가. 그러면 내가 따라갈게."

노인은 처음에는 무슨 말인지 못 알아들었다. 그러다 아이가 다시
요구하자 "아아, 알았어." 그러고는 어린아이 앞에서 허리를 낮추고
무릎을 구부리고 엉금엉금 걸었다. 이때 뒤따라오던 아이가 노인의
머리를 툭 건드리며 말한다.

"할버지, 누가 그랬게."

"예준이가."

"아냐, 도깨비가 그랬어."

"아냐, 예준이가 그랬잖아."

"아까 할버지도 도깨비가 그랬다 그랬잖아."

아이는 태연하게 방긋 웃으며 노인 앞으로 나가 손을 뒤로 모으고 의기양양 걸어갔다. 아차, 이 녀석 좀 봐라. 내가 보기 좋게 당했는 걸. 노인도 말없이 아이를 따라가다 조금 큰 찻길로 접어들었다. 노인과 아이는 이번엔 손을 잡고 나란히 걸었다. 노인은 붉게 물들기 시작하는 서쪽 하늘을 바라보았다. 예준이도 서쪽 하늘 아래 걸린 신비로운 붉은색 구름을 바라보았다. 노인과 아이는 산 너머로 떨어지는 태양의 아름답고 황홀한 모습을 동시에 바라다본다.

우리나라 도깨비는 사악한 사탄이나 무서운 귀신과는 달리 착하고 어리석고 장난기가 있다. 손주가 좋아하는 나의 도깨비 이야기가 이 메마르고 황폐한 시대에 그 아이의 무한한 상상력을 키워주는 도깨비 할아버지 이야기가 되었으면 좋겠다.

손주가 4, 5세에 이르자 술래잡기, 가벼운 공놀이, 달리기 등 실내외에서 신체적 활동이 활발해졌다. 아이에게 맞추다 보니 나 자신도 자연스레 점점 어린아이가 되는 것 같았다. 이것이 바로 반로환동이 아닐까? 5세에 이르자 어린이집에 다니게 되었고 아이의 활동이 더 활발해졌다. 아파트 마당에서 달리기, 자전거 타기 등의 활동이 추가되고 실내에서는 그림 그리기, 글자놀이, 색종이 접기, 장난감으로 싸우기 등의 활동으로 점점 다양해졌다. 요즈음은 손주 말로 "배틀(Battle)"

이라고 하는 가벼운 레슬링 놀이가 침대 위에서 수시로 이루어진다. 아직 뼈가 약한 아이에게 배틀은 다소 위험한 놀이지만 체력 단련과 몸의 민첩성, 마음의 끈기를 키우는 데 도움이 될 것 같다. 날이 갈수록 손주 녀석의 근력과 힘이 더 강해지는 것 같고, 손주 아이와 같이 나도 함께 성장하고 있다. 1950년 6·25전쟁 중 이리저리 피난통에 잃어버린 나의 어린 시절을 되찾는 것일까? 녀석이 남자아이라서 두 딸을 키울 때와는 아주 색다른 경험을 하고 있다.

올 2021년 3월 손주 녀석은 초등학교에 입학했다. 태어난 지가 엊그제 같은데 벌써 학교에 들어가다니 믿어지지 않는 빠른 세월이다. 아무쪼록 아이가 사춘기 등을 지혜롭게 지나고 학교폭력이나 입시지옥을 경험하지 않고 하나님이 주신 자기 재능(달란트)을 빨리 찾아 건강하고 씩씩하게 잘 자라주기를 기도할 뿐이다. 되돌아보니 두 딸을 키운 것은 우리 부부가 아니었다. 모든 것이 두 딸을 우리에게 맡겨주신 하나님의 도우심이 없었다면 불가능했다. 하나님이 주신 재능(달란트)을 잘 키워 이웃을 사랑하며 사회에 도움을 주는 한 건강한 시민으로 성장하여 보람찬 나날을 살아가기를 기도할 뿐이다. 일흔의 나이를 훌쩍 지난 나도 스스로 지은 아호 소무아처럼 노년의 시간을 "웃으며 춤추는 어린아이"의 마음으로 계속 지낼 수 있으면 얼마나 좋을까.

3·1운동의 민족대표 33인 중 한 사람이며 후에 예술운동을 한 위창 오세창(1864~1953) 선생은 일제강점기 어린이 운동의 선구자인 소파 방정환(1899~1931) 묘비에 "어린이 마음은 신선과 같다"는 뜻의 "동

심여선(童心如仙)"이라고 써 주었다. 어린이를 이상화하는 것은 지나
친 일이겠으나 나의 노년도 신선과 같다면 얼마나 좋겠는가. 그것이
어렵다면 금아 피천득처럼 손자와 함께 뛰놀 수 있는 "호호옹(好好翁,
jolly oldman)"이 되면 어떨까.

　　사람이 나이가 들수록 어린이와 똑같아진다는 말이 있습니다. 참
　　으로 진실입니다. 한 해 한 해 나이 먹으면서 인생을 어떻게 살아야
　　하나 생각하다 보면 바로 순수한 아이 같은 마음으로 살면 된다는 해
　　답을 얻기 때문입니다. 그리고 그 아이들의 순수함을 닮고 싶다는 소
　　망을 가지고 아이처럼 살려고 노력하게 되기 때문입니다.
　　　　　　　　— 피천득, 『어린 벗에게』(영미단편소설번역집), 「책을 내면서」

호호옹이 된다는 것은 다시 어린아이가 되는 것이리라.

풍차는 누가 돌리나

우 한 용(禹漢鎔, 아호 于空)

소설가, 서울대 명예교수

　남의 글은 온기 깃든 방식으로 읽어야 한다고, 우공은 버릇처럼 이야기했다. 그래야 글읽기를 통해 삶의 가치를 실현하게 된다는 것이었다. 글을 그렇게 읽자면 필자에 대한 배경지식이 필요하다. 그런데 독자와 작가가 너무 밀착되어 있으면, 글의 객관성을 유지하기 쉽지 않다. 우공에게 정정호 교수는 존경심과 우정을 함께 불러오는 복합 심리의 대상이다. 따라서 글을 읽어주겠다는 이야기를 쉽게 하지 못하고 지냈다.

　그런데, 소무아(笑舞兒) 정정호 교수가 전화를 해서, 우공의 의중을 쫀쫀히 확인한 적이 있었다. 오랜만에 산문집을 내려는데 발문을 하나 써달라는 부탁이었다. 칠순을 넘긴 영문학자, 내로라 하는 비평가가 산문집에 발문을 요구하는 것은 우정을 빙자한 압박이 아닐까 싶었다. 남의 부탁 거절 못 하는 '거절불능증' 환자에 가까운 우공은 결국 그렇게 해보자는 식으로 응낙하고 말았다. 그런 통화가 있고 며칠 뒤, 소무아가 느닷없이 원고를 보내왔다. 그런데 그 원고 머리말에 우공이 발문을 쓰기로 했다고 적어놓았다. 히야, 용코로 걸렸다, 우공이 소무아의 글 읽는 계기는 그렇게 시작되었다. 아무튼 우공은 생트 뵈브식의 '한담하듯이' 쓰는 소설을 시도하는 중이고, 이미 '공감소설'이란 장르를 설정하고 '리뷰소설'을 몇 편 썼다.

우공이 소무아의 산문집 『바람개비는 즐겁다』의 원고를 읽고 있을 때였다. 우공의 손녀 채민이, 제 엄마 심부름이라고 하면서 집에 찾아왔다. 심부름이라는 게 뭐냐? 엄마가 말예요, 할아버지 술 조금만 드시라고, 저더러 절주 통고하고 오래요. 허억, 우공은 기가 질려 숨이 막혔다. 심부름치고는 희한한 심부름이었다. 하기는 근간 이런저런 핑계를 내세워 술을 마셔댔다. 그 핑계 가운데 하나가 술을 마셔야 글이 술술 써진다는 것이었다. 그게 며느리까지 마음을 쓰게 만들다니……. 우공은 자신도 모르게 얼굴이 달아올랐다.

술은 물에 불이 녹아 있는 마성을 지닌 물건이다. 의식과 신체가 괴리된 해리 상태에서 술의 힘을 빌려 본질을 존재 차원으로 위무(慰撫)해주고 상승케 하는 게 술이다. 사실 글쓰기는 존재와 본질의 괴리를 자각화하는 가열찬 사유의 과정을 거치지 않을 수 없다. 아무튼 올해 대학에 들어간 손녀가 찾아와서 절주를 부탁하는 태도가 대견해서, 흐뭇한 눈빛으로 한참을 바라보았다. 얼굴이 자기 어미를 빼닮았다.

생각해보니 우공이 담배를 끊은 것도 손녀 채민이 때문이었다. 할아버지 담배 냄새 싫어서 나 할아버지 집에 안 올래요. 그 한마디에 흡연 이력이 단절되고 말았다. 담배 끊을래요, 채민이 끊을래요? 내가 너를 담배보다 덜 사랑한대서야 말이 되겠느냐? 언제 확인하러 와요? 서재에서 담배 냄새 빠질라면 한 일주일은 걸려야 할 게다. 그렇게 해서 한 주일 걸려 금연을 실행하고, 손녀의 검사를 받았다. 물론 미련 없이 내뿜는 담배연기 속에…… 그렇게 나아가는 〈진고개 신사〉의 멋도 함께 주저앉고 말았다. 그게 우공의 아내 유한솔의 작전이었다는 것은 얼마 안 가서 밝혀졌다.

　채민이가 할아버지 곁에 다가와 책상 위에 놓여 있는 원고를 들춰 보았다. 제목이 재미있네요, 채민이 킬킬 웃었다. 너 웃음소리가 왜 그러냐? 하하하 웃는 건 너무 상식적이지 않아요? 우공은 그렇겠다고 고개를 주억거렸다. 그런데 웃긴다. 바람개비가 즐겁다는 게 말이 돼요? 바람개비 들고 달리는 아이들, 아니 그 '사람'이 즐겁지 바람개비는 바람만 있으면 멋모르고 돌아가는 거잖아요? 바람개비보다는 바람 이야기를 하자는 거 아니겠냐? 소무아는 해방공간과 6·25 무렵 월남해서 정착하는 과정을 하나의 바람으로 설정하고 있었다. 중·고등학교와 대학, 대학원에서 이론을 공부하던 시절, 신앙에 은혜를 끌어안은 성령의 은총도 바람으로 파악하고 있다. 조국의 장래와 통일 문제를 지나, 칠십 넘은 소무아는 '창작의 바람'을 기다리고 있는 중이었다. 거기 바람개비의 비유가 들어 있는 것은 물론이다. 늦바람이 무섭다는데, 우공은 그 창작이라는 게 그렇게 근원적인가 잠시 생각했다.

　채민이 물었다. 그러면 바람개비 돌리는 바람이 즐겁다는 뜻인가요? 바람 때문에 즐거워 산다는 거겠지. 채민은 손가락으로 머리를 짚었다. 어머, 할아버지, 우리 대학 불문과 교수님이 그러는데 폴 발레리라는 프랑스 시인이 「해변의 묘지」라는 시에서 말예요, '바람이 인다, 애써서 살아봐야겠다', 그렇게 썼대요. 너도 그 시 읽어봤냐? 그럼요. 그런데 할아버지이, 죽으려다가 바람이 일어서 살아야겠다고 생각해본 적 있어요? 우공은 잠시 멈칫했다. 삶에 지쳐 죽겠다는 생각을 해본 적은 떠오르지 않았다. 세속적인 삶을 살아내기에 허덕대느라고 아무 정신이 없었다. 그러나 그것은 핑계에 불과한지도 모를 일이었다. 기실 죽음에 대해 깊은 사색을 할 겨를이 없었다.

대답이 난감해서 짬짬하니 입맛을 다시고 있는 우공을 쳐다보던 채민이 입을 열었다. 책 제목이 동화적 발상 같아요. 그렇지, 바람개비 들고 뛰어다니는 어른은 없으니까. 어른이 되면 사는 일이 즐겁지 않아요? 어른이라고 왜 즐겁지 않겠냐, 폴 발레리가 인용한 제사(題詞) 말마따나 인간 '가능역의 탐구에 몰두하다' 보면, 즐겁다, 행복하다, 축복을 받았다 그렇게 직설적으로 결론지어 말하지 못하는 법이다. '소확행'이 세속적이라는 뜻인가요? 세속적인 일과 초월적 세계가 그렇게 칼로 자르듯이 갈라지지 않는 법이다. 다만 세속적인 데에 몰두하지 말고 가능성의 영역을 최대한 탐구하라는 뜻이지. 나는 지금 이 순간이 가장 행복하다 하는 사람은 금방 절망하는 법이다.

할아버지, 아까부터 법, 법 하시는데, 그게 어느 법전에 있는 법예요? 얘두…… 모든 게 명료하고 분명하다면, 그렇게 된다면 '바람'을 이야기할 필요도 없겠지. 바람이야말로 본질과 형상이 통일된 그런 존재 아니겠느냐. 형상은 없으되 실체가 감지되고 그 실체의 작용이 존재를 드러내게 한다면, 실체가 곧 작용인 그런 '의식'을 촉발하는 거 아니겠냐. 폴 발레리 시에서처럼, 생동하며 일렁이는 바다와 죽은 자들의 묘지를 이어주는, 아니 둘을 통일해서 출렁대는 생의 약동을 불러오는 것, 그게 바람이 아니겠냐. 아, 그렇게 말하니까 좀 알 것 같기도 해요. 고요한 바다가 시인의 사유를 통해 일렁이는 바다로 가기까지, 그 정신적 과정을 시인은 읊고 있는 거지요? 너 만나서 이야기하니까 내 정신에 바람이 이는 것 같다. 그런데 대학에서 벌써 폴 발레리를 읽어? 그럼요, 돈키호테도 공부해요. '라만차의 사내' 말이냐? 채민이 고개를 깨닥거렸다.

　그래, 신통하다는 듯이 우공이 손녀 채민에게 물었다. 돈키호테에 풍차 나오지? 예. 채민이 눈을 반짝였다. 바람개비를 아주 크게 만들면 그게 풍차가 되겠지? 그렇지요. 그러면 풍차는 즐겁다, 그런 표현도 말이 되겠냐? 풍차는 괴롭지요. 채민이 고개를 살살 저었다. 그것도 바람개빈데 왜 괴롭겠냐? 글쎄요. 그냥 풍차가 아니라 그건 '거인'이다. 이상적인 기사를 지향하는 돈키호테가 나아가는 진로를 가로막고 서 있는 거인, 그래서 돈키호테는 그 거인을 향해 창을 꼬나들고 말을 달려 대드는 거 아니겠냐? 현실과 환상은 그렇게 넘나든단다. 현실적 장애는 대개 거인의 형상을 하고 있다. 전쟁의 폭풍 속에 서 있는 '거인' 그게 역사의 실체 아닌가 모르겠다. 프란시스 고야가 그린 '거인'이 돈키호테에게는 풍차가 되는 거겠지. 그리고 말이다, 가스통 바슐라르가 파악한 것처럼 바람, 소용돌이는 우주 창생의 첫발자국 같은 것인지도 모른다. 채민은 조용히 듣고 있었다.

그런데 말이다, 그 풍차 누가 돌려? 할아버지, 그거야 당근, 풍차는 바람이 돌리지요. 채민이 바람개비처럼 즐겁게 조잘거렸다. 우공이 물었다. 그럼 바람은 풍차를 돌리기 위해 존재한다는 거야? 채민이 고개를 갸웃거렸다. 풍차는 바람이 돌리는 게 아니라 라만차 벌판에서 유토피아를 꿈꾸는 가난한 농부가 돌린다. 그럼 바람개비는 누가 돌려? 어린애들이 돌린다고 하려고 그러세요? 그럴지도 모른다. 물론 이 글을 쓴 할아버지 친구 소무아 정정호 교수는 생애 전체를 몰아간 바람을 일곱 단계에 걸쳐 추적하고 있는데, 바람 대신에 바람개비를 들고 나온 거란다. 바람이 움직여준 생애, 그 생애에 대한 동화적 긍정이 글 전체에 스며 있더라. 그래도 바람개비는 너무 작은 물건이잖아요. 나는 바람개비다, 그렇게 선언하고 그래서 소년처럼 즐겁게 삶을 이끌어간다는 거 아니겠냐? 채민은 혼자 낄낄거리고 웃었다. 또 이상하게 웃네. 채민이 우공을 쳐다보며 눈가에 주름을 돋아 올렸다. 늙은이와 소년을 동일시하는 그 발상이 우스운 모양이었다. 술을 끊으면 무슨 재미로 살 것인가, 우공은 그렇게 물으면서 생각에 잠겼다. 문제는 메타포(비유)의 그늘에 몸을 감추고 있는지도 모를 일이었다. 당신 생애를 버텨준, 아니 몰고간 '바람' 칠십 생애 나를 만든 것은 온통 바람이었다, 그렇게 말하고 싶었을지도 모를 일이었다.

그런데 내용을 일 년 네 계절로 나누어 배열했는데, 사람의 일생이 한 해의 네 계절과 평행선을 그리나요? 글쎄다. 나이 들어 지금이 겨울이란 뜻이지요? 그렇겠지. 노인이 어떻게 겨울바람을 견뎌요? 하긴 그랬다. 셸리가 말한 대로 '겨울이 닥치면, 어찌 봄이 멀겠느냐.' 계절의 신화가 안 맞으면 달리 구성하는 게 좋지 않을까요? 우공은 계절의 신화를 반추하고 있었다. 땅속에서 봄을 준비하고 있는 실뿌리들을 생각하지 않을 수 없었다. 인간의 생애를 계절로 비유한다? 무리가 생길 수밖에 없을 듯했다.

인간에 대한 비유의 매개항은 늘 부실하게 마련이다. 왜 그렇지요? 인간은 도무지 해명이 안 되는 존재이기 때문에 그럴 거야. 할아버진 아직도 자기 자신에 대한 '정의'도 없이 사세요? 그런 셈이지. 할아버진 나름 성공해서 일가를 이루신 거 아녜요? 그렇게 보아주니 고맙다만, 나는 아직도 모색의 도정에 있달까, 결론을 유예하며 산다고 할까, 그렇단다. 그러면 끝내 행복한 삶에 도달하지 못하잖아요? 채민은 제법 심각한 얼굴로 물었다.

인간을 뭐라고 규정하면, 그 규정은 금방 스스로를 배반하는 격이라, 반증을 대기도 전에 모순이 불거지는 거야. 호모 사피엔스라고 하지 않더냐? 이성적 존재라는 거지요? 인간이 온전히 이성적이라면, 그 이성적 존재가 왜 전쟁을 하고, 남을 음해하고, 테러를 저지르고 그러겠냐? 또 문인들이 소위 '의인법'을 써서 사물을 인간과 동일시하는 글들을 쓰곤 하는데, 예컨대 이런 거라. 이광수의 「우덕송」, 이양하의 「나무」, 윤선도의 「오우가」 그런 글이 의인법이 무리하게 동원된 예가 될 게다. 소는 인간을 위해 태어난 존재가 아니고, 사람은 나무가 아니며, '수, 석, 송, 죽, 월' 그런 것들과 대화를 한다는 건, 다분히 인간적 시각으로, 사물을 주관적으로 의미화하는 거 아니겠냐? 할아버지이, 그런 게 어디 있어요? 그래, 내가 모순되는 이야기를 하고 있는 것 같다. 인간을 전제하지 않은 비유가 어디 있겠냐는 뜻같이 들리기도 했다. 그러나 명징하지는 않았다. 글은 내용을 읽어봐야 안다. 당연히 그렇지요. 제목과 목차만 보고 이야기하려 들지 말라고 타이르고 싶었다.

기왕 이야기가 여기까지 왔으니 네가 이 원고 갖다 읽고 나랑 같이 이야기하면 어떻겠냐? 그래도 돼요? 글을 남에게 맡겼으면 위임하는 것이니까, 내가 너를 레퍼런스로 삼아도 상관없을 것 같다. 그렇게 해서 소무아의 원고가 우공의 손녀 채민의 손에 들어가게 되었다. 손녀에게 글을 읽어보게 하는 데 특별한 기대는 없었다. 다만 자기와 생각이 어떻게 다른가, 아니면 공감이 되는가 그런 게 궁금할 뿐이었다. 그러나 무엇보다 손녀와 이야기를 나눌 수 있는 할아버지의 즐거움을 누리고 싶었다. 글을 매개로 해서 이루어지는 조손 사이의 대화, 그보다 화락한 인정이 어디 있을 것인가 싶었다.

우공은 소무아에게 선물할 낙관을 인사동 모모하는 전각사에게 부탁을 해두었다. 전에도 몇 차례 소무아에게서 책을 증정받았다. 친필 사인은 있었지만 낙관이 없어 양복에 넥타이 안 맨 것처럼 허전해 보였다. 이번에 책이 나오면 낙관을 쳐서 품위를 돋우게 하고 싶은 생각에 전각을 부탁했던 터였다.

채민이 원고 들고 오기를 기다렸다. 물론 그동안 술을 좀 절제하기는 했지만, 여전히 오후가 되면 막걸리 생각이 나서 참지 못하고 목을 축였다. 전북 장수 번암에서 농사짓고 사는 동화작가 한 분이, 우공의 근간 시집을 받고는 고맙다고 막걸리를 한 상자 보내와서 냉장고에 채워두었다. 소무아는 병치레를 하고 나서는 술을 삼가며 지냈다. 친구가 술 못 마시는 정황에 처한 것만큼 안타까운 일이 또 있을까 싶지를 않았다.

우공은 '술과 문학' 그리고 바람을 엮어서 생각했다. 우공에게 '바람'은 이중적인 의미로 다가왔다. 사람들이 흔히 '바램'이라고 쓰는 소망이 '바람'의 일차적 의미였다. 그리고 풍(風)으로 뜻이 표시되는 바람이 다른 하나였다. 그런데 바람은 실체를 드러내지 않지만 작용은 분명하기 때문에 다양한 동음이의어를 만들어낸다. 바람이 일기만 하는 게 아니라, 바람이 들기도 하고, 바람을 피우기도 한다. 바람이 무리를 이루면 한 시대를 휘몰아가는 바람[風俗]이 된다. 사람들이 몰려들어 몰두하면 '열풍'이 된다. 태풍도 빼놓을 수 없다. 아니 가장 강력한 바람의 형상과 작용은 태풍 가운데 있을 것이다. 아무튼 우공은 소무아와 마찬가지로 바람이 들어 살았다. 학문과 문학 바람으로 현실적 삶은 건조해졌다. 혼자서는 신바람을 불러일으키기 힘들다. 신바람은 남들과 함께 그리고 시대와 더불어 일어서 불게 마련이었다. 소무아가 착실하게 남의 글을 인용하면서 대화를 시도하는 동안 우공은 자기 안에 완벽하게 소화된 사상을 추구하는 편이었다.

소무아는 늙어도 늙지 않는, 그래서 '참 젊은' 소영(so young) 여사와 딸 둘을 두었다. 그리고 그 가운데 큰딸이 아이를 낳아 하릴없이 할아버지가 되었다. 그 과정에서 자식 키우는 아버지로서, 손주 본 할아버지로서 살뜰한 정을 쏟아놓은 것을 떠올렸다. 인간에 대한 사랑 가운데 가족애를 앞설 다른 게 없을 듯했다. 추사 김정희도 말년에 '대팽고회'란 대련에서 평범한 삶의 가치를 한껏 높여놓고 있다. 대팽두부과 강채(大烹豆腐瓜薑菜) 고회부처아녀손(高會夫妻兒女孫). 가장 좋은 요리는 두부, 오이, 생강 같은 채소이고, 모임 가운데 으뜸은 내외가 아들딸과 손주가 함께 모이는 모임이라는 것이다. 추사 71세, 세상을 뜨던 해에 쓴 글씨이다. 깨달음은 늦고, 그 실행에는 더욱 시간이 짧다. 이러한 모순을 거슬러 바람을 몰고 가자면 '지금 여기(hic et nunc)'에 대한 인식과 애정이 전제되어야 할 터였다. 소무아의 가족애는 남다른 바가 있다. 특히 혼사를 치르지 못한 딸에 대한 아량 있는 이해는 부정의 지고한 경지를 보여준다.

우공은 공부하고 글쓰는 걸 핑계로 가정사 제반과 자녀 양육 등을 아내에게 미루어두고 지냈다. 아내와 자식들에 대한 사랑의 실천은

늘 뒤처진다는 점이 안타까웠다. 자녀들이 별 무리 없이 잘 자랐고 자기들 일을 하고 있지만, 미안한 마음은 씻어지지 않았다. 그런 생각을 하매 소무아가 부럽기 짝이 없었다. 글쓰는 일 또한 그러했다. 소무아에게 글쓰기는 삶의 방편인 셈이었다. 아니 삶 그 자체인지도 모를 일이다. 우공은 글쓰기란 화두를 가지고 잠시 머리를 굴렸다.

어떤 글이든지 글쓰기는 자신을 돌아보게 한다. 남의 글에 나타난 환경과 대상 등에 자신을 대입하면서 자기성찰을 하게 마련이다. 결국 모든 글은 자신을 위한 글쓰기로 귀결된다. 글쓰기는 자신을 어떤 시공간에 가두는 일이다. 총체적 유기체로서 인간을 본래 모습 그대로 드러내는 글쓰기는 원천적으로 불가능한지도 모른다. 그러한 깨달음으로 인해 절망한 심회 표출이나 타협하는 글쓰기는, 생동력의 영속성을 잃게 된다. 글쓰기가 타성화되면 문체가 고정된다. 사고가 진전을 보지 못한다. 우공은 자신의 글쓰기는 타협하고 쉽게 결론을 내는 쪽으로 기울어지는 것은 아닌가, 늘 걱정이 많았다.

우공은 서재 문을 열고 거실로 나갔다. 아내는 텔레비전 프로그램에서 노래를 듣고 있었다. 소향이라는 가수가 조용필의 〈바람의 노래〉를 부르고 있었다. "살면서 듣게 될까, 언젠가는 바람의 노래를⋯⋯." 바람 자체가 노래인데, 그 바람의 노래란 무엇인가⋯⋯. 당신도 저런 노래 같이 좀 듣고 그래요. 우공의 아내 유한솔은 서재에서 책이나 뒤적거리고 밤늦게까지 자판 두드리는 목석 같은 남편에 대한 불만을 은

근히 드러내는 중이었다. 전에 언제던가 소무아가 소영 여사와 함께 『번역은 사랑의 수고이다』라는 책을 내어 우공에게 증정한 적이 있었다. 내외가 같은 영역의 일을 하면서 사는 모습이 부러웠다. 다른 건 몰라도 내외가 서로 바람을 불어넣어줄 수 있다면, 생의 의미를 한결 두텁게 할 수 있는 인연이 아닌가 싶었다. 공감 가운데 개별화를 도모해야 하지만.

손녀 채민은 한 주일이 지나도록 연락이 없었다. 우공은 손녀한테 바람맞는 거 아닌가 싶었다. 얘가 코에 바람이 들어 도도해진 건 아닌가, 그런 생각도 들었다. 우공은 냉장고에서 막걸리 병을 찾아들고, 아내 유한솔을 흘금 쳐다보았다. 당신 막걸리 의존증 때문에 채민이가 안 오지요. 선물로 보내준 거니까 저거까지는 먹어야지, 보낸 사람 생각해서라도. 그러다가 화 입어요. 술은 물에 녹아 있는 불이라고 얘기했던 게 떠올랐다. 술을 그렇게 마시면 몸이 뭐가 돼요? 그렇지, 술과 함께 몸은 늙어서 보잘것없이 될 터였다. 공부도 할 만큼은 했다는 자부심도 있었다. 그러나 아직은 삶에 대해 어떤 결론에도 도달하지 못했다. 어깨가 아파오기 시작했다.

우공은 몸이란 말에서 스테판 말라르메를 떠올렸다. "육체는 슬프다, 제길할! 또 나는 읽을 만한 책은 다 읽었다." 우공은 「바다의 미풍」을 생각했다. 잔인한 희망 끝의 권태는, 바닷물 젖은 바람은 사람을 이국의 자연을 찾아 떠나게 바람을 넣는다. 우공은 전에 쓴 '픽션 에세이' 「떠돌며 사랑하며」를 짚어보았다. 떠돌며 하는 사랑인지라 영원한

안착 같은 것은 오히려 '잔인한 희망'이 된다. 당신은 스스로 자신을 너무 들볶아요. 아내의 염려였다. 깨어 있다는 게 그렇지 않던가……. 그것도 욕망인데, 때가 되면 버릴 줄도 알아야지요. 영혼의 자유는 소유에서 오는 게 아니라 버리는 실천에서 온다잖아요. 우공은 아내 유한솔을 다시 쳐다봤다. 자기가 어디선가 한 이야기를 아내가 그대로 반복하고 있는 게 아닌가. 아니, 우공 자신이 아내의 이야기를 반복하고 있는지도 모를 일이었다. 깨달음에서 아내는 우공을 한 걸음 앞서 가고 있었다. 소무아의 경우도 비슷하지 않을까, 남편이 겉으로 드러낸다면 아내는 안으로 축적하고 있는 것은 아닐까, 우공은 그런 생각을 했다. 채민이 찾아온다고 전화를 했다.

우공을 찾아온 채민의 첫마디는, 할아버지 이런 훌륭한 친구 있어서 좋으시겠다는 것이었다. 어떤 점 때문에? 그렇게 안 느끼세요? 물론 흠씬 느낀다. 그런데 왜 좋다고 안 하세요? 네 이야기 들으려고 그러지. 우공은 소무아의 어떤 면이 좋은 친구가 되겠더냐고 물었다. 채민은 스승을 존경하는 마음을 첫째 조건으로 들었다. 구체적으로는 피천득 선생에 대한 존경심이 놀라울 정도라는 것이었다. 그것은 우공도 충분히 공감하는 점이었다. 더구나 스승을 되새기는 저서를 출간한다는 게 어디 쉬운 일인가. 소무아는 그런 일을 아무 말 없이 실천하는 사람이었다.

다음은? 영문학을 공부하는 중에, 방황하며 새롭게 모색하는 점,

그리고 떠났던 학문적 근원으로 되돌아갈 줄 안다는 것, 가족을 모두 자신이 공부하는 영역으로 이끌어준 점도 좋은 친구가 되기 위한 조건 아닌가 묻기도 했다. 우공이 평생 실현하지 못한 터라서 소무아를 부럽게 생각하는 점을 채민은 정확하게 지적했다.

우공과 소무아는 만나면 서로 장점을 들어 상대방을 부추기곤 하지만, 정도로 본다면 소무아 편의 부추김이 한결 강한 바람으로 다가온다. 우공은 소무아가 책을 증정하면, 대체로 긍정하면서도 꼬투리 잡기를 잊지 않는 편이었다. 거기 비해 소무아는 자신의 견해, 계획 등을 우공에게 진중하게 상의하는 쪽이었다. 친구가 당당하고 어기차게 살아가면 그 자체로 친구의 조건이지만, 속을 잘 터놓는 것은 더욱 믿음이 가게 한다.

얼마 전, 소무아가 우공에게 전화를 해왔다. 시인으로 등단하려 하는데, 천거를 해줄 수 있겠는가 물었다. 우공은 멈칫거리다가 대안을 이야기했다. 우공 자신이 시를 쓰기는 하지만 제도권 문단의 공인을 받은 게 아니라『청명시집』이란 시집을 내서 스스로 시인을 선언한 터라서, 시인이라는 말을 하기는 조심스러웠다. 해서 시인이란 말 대신 '시를 쓴다'고 맹둥하게 이야기함으로써 시 쓰는 일을 스스로 용인하는 편이다. 시를 쓰면 시인이고, 시인이 쓴 글을 시라 하지 않던가요? 그러니 제도권 눈치 보지 말고 시집을 내서 선언을 하시는 게 어떻겠소? 소무아는 짬짬하니 우공의 얼굴을 앙앙한 눈살로 쳐다보았다.

일단 시집을 내셔. 그리고 그 시집을 사서 뿌려. 특히 평론가들에

게…… 그리고 시인, 작가들에게 자기 광고를 하란 말이지. 그래도 절
차는 밟아야 하지 않을까? 문학은 자기 세계를 자기가 창조하는 겁니
다. 그래도……. 맘대로 하소. 신춘문예에 투고를 하시든지. 그건 아닌
것 같고. 아니면 말아요. 소무아는 어깨를 들썩하고는 웃었다.

　그런 이야기를 하는 중에 '제도'라는 안전장치를 긍정적으로 수용
하는 자세가 소무아의 근본 품성이라는 생각을 안 할 수가 없었다. 그
런데 그게 인생 말년의 '창작 바람'이라니. 우공은 소무아의 창작 바
람이 거칠게 불어 자기 정신에 회오리를 만들어주기를 은근히 기대했
다. 늦바람이 무섭다는 속담과 함께. 아무튼 창작의 은혜가 비둘기처
럼 임하기를 비는 마음이었다.

　할아버지는 무신론자예요? 무슨 소리냐? 소무아 선생이 글에서 '예
수를 만났다'고 해서 할아버지 생각을 했어요. 할아버지는 신이니 절
대니 그런 이야기 안 하시잖아요……. 교회에 나가는 것도 아니고 그
렇다고 절에 가지도 않고……. 신앙과 이성은 한 차원 높은 정신, 말하
자면 영성으로 통합되는 게 아닌가 나는 그렇게 생각한다. 신은 삼라
만상 가운데 편재되어 있을 거라. 윌리엄 블레이크 말대로 양과 호랑
이를 함께 창조한 신은, 선악을 넘어서는 더 높은 존재가 아니고는 설
명이 안 된다. 원죄를 설정해야 죄와 속죄 그리고 구원을 이야기할 수
있지 않겠느냐? 할아버지가 생각하는 신은 내 존재를 자유롭게 해주
는 그런 존재라고나 할까. 사람들이 이야기하는 믿음 또는 신앙이 없
어도 삼라만상 가운데 '경탄'을 느낀다면 그게 영성의 한 모양일 거야.

그건 시로 통한다. 아니, 시를 방법으로 해서 세속적 현실을 초월하려는 도모를 부단히 해나간다. 그래서 탈주하고자 하는 욕망으로 빠져들지. 거기쯤 가면 무신론과 유신론이 통합되겠네요. 쉬운 일 아니다. 우공은 쓴 입맛을 다셨다. 쉽지 않다는 깨달음에 바짝 다가서는 모진 바람을 생각하고 있었다. 우공의 아내가 서재 앞에 서 있었다.

채민이 오니까, 할아버지가 술 안 찾아 좋다. 어느새 아내 유한솔이 과일 접시를 들고 서재로 들어와 있었다. 할아버지 절주 검사하러 일부러 온 건 아니지만, 술은 위험해요. 네가 술에 대해 뭘 안다고. 그런 소리가 목울대까지 올라오는 것을 억지로 참았다. 그런 말이 있다면서요, 처음에는 사람이 술을 먹다가 좀 지나면 술이 술을 먹는다고, 그리고 마지막에는 술이 사람을 먹는다고 말예요. 우공은 전거를 물으려다 말았다. 항간에 떠도는 말을 전거 대라 하면 질식하고 말 듯했다. 결국 그런 말을 어디서 보았는가 물었다.

꼭 대답해야 해요? 채민이 대들듯이 나왔다. 그러고는 건너뛰어 이렇게 내놓았다. 『바람개비는 즐겁다』에는 인용문이 너무 많아요. 필자가 성실해서 그렇다. 책임 안 진다는 거잖아요? 우리는 메타텍스트의 시대를 살고 있는 거 아니겠냐. 예수님은 비유로 말하기는 하지만 인용은 없어요. 우공은 채민이 자기 이야기를 하고 있다는 생각을 했다. 자신이 담론의 최초 연원이기 때문에, 오리지널리티를 지니기 때문에 다른 사람의 말을 끌어다가 자신을 정당화할 필요가 없느니. 인용이 많다는 것은 오리지널리티가 떨어진다는 뜻이잖아요? 텍스트 연관성이 극단적인 단계에 가면 필자의 주체성은 사라질 것이야. 그럼 작가는 뭐가 돼요? 편집자가 되겠지, 에디톨로지스트. 이야기를 듣고 있던 유한솔이 앞치마에 손을 훔치면서 서재를 벗어났다.

채민이 핸드폰이 드르르 울렸다. 채민은 한참 화면을 들여다보고 있다가, 중얼거렸다. 형주, 얘가 왜 또 전화질이야? 형주가 누군지, 전화는 받아야지. 다시 전화가 울렸다. 응, 나 채민이……. 뭐어, '풍차 돌리기'를 하겠다고? 나를 위해 적금을 들었다는 거야? 십 년이나? 너 바보니? 채민은 핸드폰을 책상 위에 집어던졌다. 누군데 그렇게 쌈박질이냐? 할아버지 생각해보세요. 매달 꼬박꼬박 십만 원씩 넣어서 십 년 후에 1,440만 원 만들어서, 그걸로 할 게 뭐 있어요? 지루한 인간이잖아요? 내가 보기에는 성실한 젊은이 같다. 난 그렇게 살기 싫어요. 숨이 턱 막혔다.

바람개비가 아니라 바람이어야 했다. 외부에서 불어오는 바람이 아니라 내면에서 일어나 소용돌이치는 바람이라야 생의 충동을 불러일으킬 수 있을 법했다. 폴 발레리의 시에서 바람은 부는 게 아니라 '인다'. 그것은 의식의 혹독한 단련 뒤에 오는 정신의 움직임이다. 그러니까 살려고 애써보는 것, 살려는 몸부림을 회복하는 것, 그 자체가 바람이다. 시간에 마모되는 지성을 붙들고 처절한 투쟁을 치른 뒤에 오는 생의 본원적 에너지, 그게 폴 발레리가 말하고 싶었던 바람이고, 삶의 충동 아닌가, 우공은 그렇게 생각하다가, 소무아가 바람을 좀 더 강렬한 에너지로 삼았더라면 좋았겠다는 생각이 들었다.

할아버지, 그래도 '바람개비'는 귀여워요. 낙타와 사자와…… 그리고 결국 어린이 이야기를 하잖아요? 우공은 고개를 갸우뚱하고 앉아 있었다. 어린이라? 그것도 인용이지요? 인용은 어쩌면 한계라는 말로도 들렸다. 무엇보다 우공은 '어린이 천사주의'에 동의하지 못하고 지낸다. 산문을 공부한 결과인지도 모를 일이다. 소설을 '성숙한 어른의 장르'라는 말이 아직 유효하다고, 우공은 어린이처럼 믿고 있다. 그러한 믿음이 어린이의 '천연한' 속성을 전면적으로 수용하기 어렵게 한다. 어린이는 자유롭고, 창조적이고, 부드럽고…… 그래서 방정환이 파악한 바처럼, 하느님의 얼굴을 보여주는 것인지도 모를 일이다.

할아버지이? 왜 그러느냐? 늙으면 어린이가 된다고 그러잖아요? 그렇지……. 어떤 점이 그래요? 나는 아직 어린이가 될 만큼 늙지는 않았다. 그래서 실감이 적을 것이다. 아무튼 늙으면 머리가 빠져 이마가 넓어진다. 이가 빠지면 턱이 어린애들처럼 홀쭉해진다. 나중에는 똥오줌을 못 가리기도 한다. 에이……! 주전부리를 하고 싶어진다. 아무거나 빨아먹으려는 구강기로 퇴행하는 셈이지. 결국 어린이와 어른 저쪽의 어떤 존재를 상정해야 어린이의 비유를 벗어날 수 있을 게다. 할아버진 이승은 제쳐놓고 노상 저쪽만 생각하는 것 같아요. 비욘드 쿼테이션을 이야기하더니 이제는 비욘드 메타포 아닌가요. 그런 생각은 결국 비욘드 휴먼으로 가지 않아요? 우공은 머리를 감싸 쥐고 이를 사려 물었다. 채민이 우공을 흘겨보았다. 할아버지 왜 그러세요? 아니

다. 할머니한테 가서 말씀드려라. 저녁은 나가서 먹자고. 그때 핸드폰
에 문자 들어오는 소리가 띠딩 들렸다. 나 선원에 가요. 채민이랑 저
녁 드세요. 우리 둘이 가야겠다. 할머니는 선원에 참선하러 간단다. 나
형주랑 약속 있는데……. 아까 풍차 돌리기 어쩌고 하던 형주 말이냐?
저녁 같이 하자고 불러라. 어디로 오라 할까요? 대팽반점이라고 새로
생긴 식당이다. 우공은 그 식당의 막걸리를 생각하고 있었다.

형주한테 바람개비 돌리면서 오라고 할까요? 우공은 채민의 도톰
한 어깨를 두드려주었다. 바람개비 안 돌려도 좋으니 어서 오기나 하
라는 뜻이었다. 세상의 풍차는 너희들이 돌려야 한다, 그런 생각을 하
면서였다. *